ET Scrittori
1664

Dello stesso autore nel catalogo Einaudi

L'elenco telefonico di Atlantide
Mare di Bering
Tre sono le cose misteriose
Breve storia di lunghi tradimenti
La ragazza di Vajont
L'anno dei dodici inverni

Tullio Avoledo

L'ultimo giorno felice

Einaudi

www.einaudi.it

ISBN 978-88-06-20204-0

Tullio Avoledo
L'ultimo giorno felice

a Giulio Mozzi

per il titolo
e un sacco
(davvero un sacco)
di altri
buoni motivi

Lang ist
Die Zeit, es ereignet sich aber
Das Wahre

[Lungo è
il tempo, ma il vero
avviene]

FRIEDRICH HÖLDERLIN

I.

La nave pirata

Facendosi la barba, quel mattino, Francesco Salvador si era tagliato due volte. Questo almeno è ciò che avrebbe detto a sua moglie, e agli altri che glielo avrebbero fatto notare, nel corso di quella lunga giornata. Si sarebbe stancato di ripeterlo.

Quel giorno era piú nervoso del solito. E col senno di poi si può dire che ne aveva motivo. Anche se allora non poteva saperlo, quello sarebbe stato l'ultimo giorno felice della sua vita.

Se volessimo descriverlo, mentre scendeva con aria corrucciata dalla sua Mercedes Classe M color grigio argento, potremmo dire che Francesco Salvador era un uomo né troppo giovane né troppo vecchio, né povero né ricco. Molti di quelli che lo conoscevano l'avrebbero definito un uomo ricco, ma lui non si considerava tale. Era il tipo di persona che vede sempre il bicchiere mezzo pieno. Solo che era sempre il bicchiere di un altro.

Fatto sta che radendosi, quel mattino, in quello che poi si sarebbe rivelato l'ultimo giorno felice della sua vita, quell'uomo né giovane né vecchio, né bello né brutto, forse perché distratto dai troppi pensieri si era tagliato in due punti col rasoio.

Appena sopra il mento, e a sinistra del naso.

Questa era la versione ufficiale.

In realtà erano ferite vecchie di un giorno, che si erano riaperte al tocco nervoso del rasoio, quel mattino.

I due taglietti sanguinavano ancora. Non aveva trovato l'allume di rocca, nell'armadietto della farmacia.

Chissà dove l'hanno messo, i bambini.

Dava sempre la colpa a loro, da qualche tempo, per qualsiasi cosa sparisse, o finisse fuori posto.

Aveva cercato di tamponare i due tagli usando dei fazzoletti di carta, ma non era bastato.

Ne trovò un frammento, di quella carta, secco e imbevuto di sangue, passandosi la mano sulla guancia, nel sole del parcheggio.

Si toccò con l'unghia il mento.

La ferita sembrava aver fatto la crosta. Eppure sanguinava ancora un po'.

Cercò di guardarsi nel riflesso del finestrino della Mercedes, ma non ci riuscí. Allora entrò nell'auto, abbassò lo specchietto retrovisore.

Due occhi stanchi e cerchiati di scuro gli restituirono lo sguardo.

Gli tornò in mente un dramma di Shakespeare, visto tanti anni prima.

L'attore che interpretava Macbeth era un cane, ma la regina era incredibile. Il modo in cui si muoveva come un attore di *kabuki* da un lato all'altro del palco, alzando verso il cielo le mani immacolate, su cui gridava di vedere macchie di sangue che nulla avrebbe potuto cancellare...

Nessuna crema al mondo, pensò Francesco Salvador, *nessun antirughe...*

Non completò il pensiero. Il cellulare nella tasca della giacca scelse proprio quel momento per squillare.

– Hai trovato parcheggio? – chiese la voce di Giulia. Al suo orecchio era potente come la voce di Dio, ma a chiunque non fosse lui, a chiunque l'avesse ascoltata dall'esterno, quella voce femminile sarebbe sembrata il ronzio di un insetto.

– Sí, ho fatto.
– Perché ci hai messo tanto?
– Arrivo.

Chiuse il *flip* del telefonino. Fu come chiudere un coperchio.

Non devi pensare.

Non devi pensare.

Bisogna sempre guardarsi avanti.

L'oggi, che poi diventa subito domani, e altrettanto subito *ieri*, è questo cielo azzurro e senza traccia di nubi, questo mare chiuso che chiamano laguna, e i richiami dei gabbiani e i loro voli larghi, lenti.

Una mattina gloriosa.

La prima mattina del resto della tua vita.

Scese dall'auto e si incamminò nel parcheggio, verso l'imbarcadero. Mani si alzarono a salutarlo, voci lo chiamavano per nome. Lui rispondeva a tutti con un gesto e un sorriso benevolo, come un politico americano.

Metà di quelli che incontrava non aveva idea di chi fossero. Di tre quarti non conosceva il nome. E di ognuno di loro non gliene fregava un beneamato cazzo. Ma tutti lo salutavano, tutti lo trattavano come se fosse un principe, un sovrano in esilio. Era famoso, Francesco Salvador. Era *qualcuno*, nella sua piccola città.

La sua famiglia – quella che da dieci anni era la sua famiglia – lo aspettava sul molo al quale stavano ormeggiati i tre motoscafi. Avvicinandosi al gruppo, cercando di vederli con gli occhi di un altro, vide una donna sui quarant'anni, ancora bella, che dentro di sé si pensava ancora giovane, e due bambini che sembravano usciti da uno spot pubblicitario. Bionda la bimba, occhi color fiordaliso, quando sia lui sia sua moglie avevano occhi scuri e capelli neri. A otto anni, Beatrice stava già rivelando la clamorosa bellezza che sarebbe diventata, di lí a poco. Matteo, da parte sua, aveva preso da sua madre gli occhi nerissimi e vivaci. Era un bambino aperto e riflessivo, due doti che raramente vanno insieme.

Francesco ricordava lo stupore provato a una domanda di suo figlio, quando ancora andava all'asilo.

«Papi, perché mi chiamo Matteo?»

«Perché me lo chiedi?»

«È un nome strano».

«Chi lo dice, che è strano?»

«Kevin. E Zoltan».

«Tu digli che "Kevin" e "Zoltan" sono nomi strani. Anzi, digli che non esistono nomi strani. Che il tuo, comunque, *non è un nome strano».*

«Sí, ma perché mi chiamo Matteo?»

«Ti chiami Matteo perché cosí si chiamava tuo nonno. Il papà della mamma».

Suo figlio aveva riflettuto a lungo. «Non lo ricordo, quel nonno».

«Non lo ricordi perché non l'hai mai conosciuto. È morto prima che tu nascessi».

«Allora è cosí che funziona? Quando in una famiglia muore un grande si libera il nome, cosí potete darlo a un bambino che arriva?»

Cosa rispondi, a una frase del genere? Francesco aveva preferito non rispondere nulla. Meglio scompigliargli i capelli, accarezzarlo su quella testolina saggia e nuova, ancora indenne dalle malignità del mondo.

Matteo lo vide da lontano. Alzò il braccio in un saluto espansivo. Beatrice invece non alzò gli occhi dal suo giocattolo, una bambola con le ali che chiamava Bloom.

– Ciao, – fece Giulia, con un sorriso talmente sereno da fargli rabbia.

– Ciao. Quando si parte?

– Quando ci siamo tutti. Come al solito mancano i Gardin.

– Arrivano sempre in ritardo. Pensavo che gli organizzatori ne avessero tenuto conto.

– Hanno detto che se non arrivano entro dieci minuti partiamo senza di loro.

– Bravi. Ciao, principessa.

– Ciao, papà. Bloom ti saluta.

– Sí. Okay. Anch'io la saluto. Ce le abbiamo, le pillole per il mal di mare?

– Non serviranno, – sbuffò Giulia.

– Vedremo. Cos'è quella roba? – rispose Francesco, indicando un'orribile finta nave pirata, col nome *Jolly Roger* sulla poppa.

Era una di quelle cose che gli ricordavano una sua vecchia idea: la linea di prodotti «Pensati col culo». Gli era venuta in mente quando una catena di supermercati aveva lanciato una campagna basata sullo slogan «Pensati col cuore».

«Pensati col culo» era lo slogan con cui Francesco identificava ogni prodotto che per un motivo o per l'altro lo deludesse: il lettore DVD che si impiantava su un disco, il finestrino dell'auto che scendeva a scatti, il cellulare che non prendeva campo nel centro di Milano. E poi, oltre ai «Pensati col culo», c'erano i «*Fatti* col culo»: cose progettate con le migliori intenzioni, ma che riuscivano lo stesso male. Secondo Francesco, quasi tutti gli oggetti che aveva intorno erano ormai fatti o pensati col culo.

O entrambe le cose.

Come in questo caso.

Matteo guardò la *Jolly Roger* con la stessa espressione di disgusto di suo padre: – È tutta sbagliata. Si vede subito che è una barca a motore travestita.

– Ecco, bravi i miei due maschi: cominciate subito a smontarci la giornata.

– Okay. Smettiamo. Giuro, – sorrise Francesco, allargando le braccia.

Il cielo era di un azzurro insolente: un mattino da cartolina. Il mondo sembrava nuovo, ripulito come un oggetto che vuoi rivendere a qualcuno.

Vide arrivare da lontano il dottor Valeriano Grisostoli, fiduciario della sezione locale di Slow Food – quella che nel gergo dell'associazione chiamano «condotta» – che aveva organizzato la gita.

Lo vide, e come l'ebbe visto si guardò intorno alla ricerca di un posto, uno qualunque, in cui nascondersi per sottrarsi all'ordalia di un incontro ravvicinato e dell'inevitabile scambio di convenevoli. Ma Grisostoli lo stupí, e al tempo stesso lo deluse, limitandosi a un frettoloso cenno di saluto piú o meno in direzione del suo gruppo familiare e procedendo dritto verso il cavalier Carlo Deodati, titolare dell'omonima concessionaria Jaguar all'inizio di viale Ungheria.

– Cavaliere, che onore averla fra di noi.

– Non potevo mancare.

– Speriamo che il tempo tenga.

Razza di idioti, avrebbe voluto dirgli Francesco, *ma non vedete che non c'è una nuvola, in cielo?*

– Speriamo davvero. Sarebbe un peccato rovinare un'uscita cosí importante.

– Vedrà che tutto andrà bene. Sarà una gita bellissima.

Poi Grisostoli si voltò finalmente verso Francesco. Gli andò incontro con la mano in alto, come l'ambasciatore degli alieni in un vecchio film di fantascienza.

– Caro il mio Salvador, qual buon vento? Credo, anzi sono sicuro di non sbagliarmi, che è la prima volta che ti degni di prendere parte a una nostra gita.

Francesco alzò le spalle. – Giulia ha insistito.

– Bene comunque. Bene. Sai già il programma, vero? Chissà che non troviamo il tempo di parlare un po', durante il viaggio. A tavola no, perché i posti sono già assegnati, ma vediamo di trovare un momento per fare quattro chiacchiere, d'accordo?

Ma prima che Francesco potesse rispondergli, il fiduciario era già passato alla famiglia successiva, cui dedicò molta piú energia, coinvolgendola in una specie di balletto festoso, non privo di fascino. Un antropologo avrebbe potuto svolgere un'analisi sociale da quello scambio di complimenti e segnali corporei che coprivano tutto lo spettro piú basso dei rapporti interpersonali, dall'adulazione al corteggiamento fino a qualcosa che equivaleva alla leccata di culo dei primati, un rituale di sottomissione.

– Cosa c'è? – gli sussurrò sorridendo all'orecchio Giulia, con la scusa di spolverargli la spalla del giubbotto di pelle.

– Niente.

– Papà, quand'è che partiamo?

– Perché non te ne stai buona come tuo fratello?

– Matteo ha il Nintendo.

– Non si chiama Nintendo, stupida, – replicò il fratello, senza alzare gli occhi dallo schermo del DS.

Che comunque, tecnicamente, *era* un Nintendo.

Aveva ragione Beatrice.

Le donne hanno sempre ragione.

Secondo i loro amici, avere due gemelli era stato un affare. Non sempre Francesco era di quell'avviso. C'erano giorni in cui avrebbe voluto tornare indietro al sabato notte di nove anni prima in cui Giulia, con voce roca, gli occhi che luccicavano, gli aveva detto di non pensarci e *farlo*, di venire dentro di lei.

Ricordava ogni momento di quella sontuosa scopata in piedi, fuori della porta del loro appartamento. Le aveva sollevato l'abito corto sui fianchi, premendo piú del dovuto, e poi...

Ricordare non fa mai bene.

Ricordare è una fregatura.

Sorrise ai bambini. Accarezzò i capelli ricci di Matteo, che non fece in tempo a sottrarsi alla sua mano.

– Papà, puzzi ancora di alcol, – si lagnò.

Francesco scosse la testa. – Non è vero –. Alzò la mano, alitando per prova nel palmo. – È caffè.

– *Bleah*.

– Quando sarai grande non dirai piú *bleah*. Il caffè sarà il tuo piú grande amico, – intervenne lui, a gamba tesa.

– Pensavo che *la mamma* fosse il piú grande amico che hai, – s'imbronciò Beatrice.

– Che c'entra la mamma con gli amici? – ribatté Matteo.

A questo punto il dibattito avrebbe potuto continuare per ore.

Meglio darci un taglio.

– Sapete almeno cosa andiamo a vedere, oggi?

– Andiamo a mangiare in un posto da ricchi.

– E a vedere chiese, – completò Beatrice.

– Perché lo dici in quel modo?

– Le chiese non mi piacciono, – tagliò corto lei.

– Andiamo a vedere anche un museo del vetro.

– Capirai.

– Magari ci portano a vedere come lo fanno, – aggiunse in tono giudizioso Matteo, entrando subdolamente nel ruolo di «bambino buono contro bambina cattiva».

Francesco non ci cascò. Si rivolse alla moglie con un'espressione collaudata che voleva dire «pensaci tu, per favore».

– Domani voglio che scriviate un «oggi racconto io» su quello che vedrete durante la gita. Quindi vi conviene tenere gli occhi bene aperti.

– Ma mamma... – si lagnarono all'unisono i gemelli.

– Non saranno tollerate scuse, – aggiunse Francesco, esagerando. Il diktat di Giulia sarebbe già bastato. In quel momento, provvidenzialmente, il cellulare che teneva in tasca cominciò a squillare con le note di una canzoncina allegra.

Nell'intervallo di tempo – in realtà breve ma che sembrò durare un secolo – che Francesco impiegò a rispondere, l'arco di cielo che il suo sguardo abbracciava e sosteneva diventò un luogo infinito, lo spazio di ogni spazio, divenne il cosmo di cui da bambino sognava di diventare l'esploratore. Divenne il luogo delle infinite possibilità.

– Pronto? – rispose. – No. Vi ho detto che non voglio problemi.

E poi: – Chiamatemi quando è tutto finito.

Mise in tasca il telefono troppo in fretta, come se nascondesse qualcosa. In realtà non nascondeva nulla, non c'era niente da nascondere. La vita era quella che era. Bisogna essere realistici. Guardare le cose per quello che sono.

– Arrivano i Gardin! – annunciò una voce di donna, qualche passo piú in là. E davvero si vedevano incedere come tre dignitosi cammelli, sull'asfalto nuovo di zecca del parcheggio, i tre Gardin: padre, madre e figlio tredicenne già piú alto dei genitori di tutta la testa.

Liberto Gardin, aiutandosi con le mani, scese sul molo d'imbarco, sbuffando per lo sforzo.

– Allora? – sorrise allegro. – Quand'è che si parte?

Come se rispondesse a un ordine regale, il primo motoscafo, targato VE7954, accese i motori. La gente si riscosse. I capannelli si sciolsero, le conversazioni lasciarono il posto ai richiami. Fu come se un soffio di vento spazzasse un mucchio di foglie secche. Sotto gli occhi annoiati dell'equipaggio, i primi trenta soci di Slow Food salirono a bordo con la grazia di una mandria. Gli altri, quelli in soprannumero, puntarono verso la seconda e la terza imbarcazione, che avevano anch'esse acceso i motori, riempiendo l'aria di fumo e di uno scoppiettio allegro.

Francesco e la sua famiglia furono tra gli ultimi a imbarcarsi sul primo motoscafo.

Non avevano fretta.

Era una gita.

C'era posto per tutti.

– Dentro o fuori? – chiese Giulia.

Francesco si era distratto. – Come?

– Preferisci che stiamo dentro o fuori?

– Dentro, direi.

Non faceva ancora abbastanza caldo per starsene all'aperto.

I gemelli protestarono un po', ma poi si unirono con entusiasmo alla caccia al posto migliore.

– Da che parte si vedono le gondole? – e – Quando arriviamo? – chiesero, praticamente all'unisono.

– Le gondole non si vedono da nessuna parte. Andiamo a Murano e Torcello, non a Venezia.

– A *Burano*, – puntualizzò sua moglie.

Francesco si voltò a guardarla. – Come, *Burano*? Ma allora, il museo del vetro?

– Non hai letto il foglio della gita? Andiamo a *Burano*. Quella del museo del vetro te la sei proprio inventata.

I due gemelli gli voltarono sdegnosamente le spalle.

– Te l'avevo detto, – sentenziò Beatrice.

Trovarono finalmente posto a poppa dell'imbarcazione. Il marinaio tolse la passerella e sganciò le gomene d'attracco. Con due lunghi colpi di sirena, l'imbarcazione si staccò dal pontile.

– Si parte, finalmente, – annunciò il dottor Grisostoli, alzando il braccio come Mosè alla guida del suo popolo.

C'era allegria, nel gruppo di gitanti, un'allegria che Francesco avrebbe voluto fosse contagiosa. Purtroppo l'umore cupo rimase. Una cupezza selvaggia, celata appena sotto pelle, pronta a saltare fuori appena la facciata del suo sorriso cedeva. Bastava la suoneria di un cellulare per farlo scattare, anche se nessuna suoneria era come la sua. *This Charming Man* degli Smiths, rifatta da un gruppo canadese, gli Stars. Giulia era rimasta stupita, sentendola per la prima volta.

«Da quando in qua ti piace questa roba?»

«Che c'entra?» si era difeso lui, alzando le spalle. «È solo una suoneria».

«Sí, ma di solito ascolti solo musica vecchia...»

La «musica vecchia» a cui si riferiva sua moglie erano i dischi in vinile dei Pink Floyd e dei King Crimson che di tanto in tanto, in qualche occasione davvero speciale, Francesco toglieva dalla custodia e posava con gesti ieratici sul piatto del giradischi Technics, ascoltando la musica e perdendosi con lo sguardo oltre le finestre del loro attico al decimo piano, guardando verso la cerchia strepitosa delle montagne e l'azzurro intenso del cielo.

Le occasioni speciali in cui ascoltava quella musica non erano, di solito, mai liete. Una giornata particolarmente dura sul lavoro. La morte di un amico. Il giorno in cui l'Europa aveva riconosciuto l'indipendenza del Kosovo. Quella sera Francesco era andato al palazzetto dello sport dove suo figlio si allenava a basket. Era rimasto a guardare Matteo e gli altri quattordici o quindici bambini correre da un lato all'altro del campo con l'energia inesauribile della loro età. Aveva visto Matteo segnare un canestro e guardare nella sua direzione. Aveva alzato i pollici, e suo figlio sorridendo l'aveva imitato.

Dopo l'allenamento, mentre i bambini rientravano negli spogliatoi, Francesco aveva sceso le gradinate ed era andato vicino all'allenatore.

– Cosa c'è? – gli aveva chiesto l'altro. – Ha bisogno di qualcosa?

– Volevo chiederle scusa.

– Scusa di cosa?

– Per quello che è successo. Per il Kosovo.

L'uomo continuava a non capire.

– Volevo dirle che oggi mi vergogno di essere italiano.

L'allenatore serbo, che da giovane aveva giocato nel KK Partizan di Belgrado, prima l'aveva guardato come se non capisse, poi le sue labbra si erano piegate in un sorriso amaro. – Siete in buona compagnia. Ci resta solo la Russia.

– E la Spagna.

– Sí. Come no. La Spagna.

– Volevo dirle che mi dispiace.

– Non è stato lei, no?

– No.

Cosí avevano parlato d'altro. Si fa cosí, tra uomini. Avevano parlato della squadra. Dei progressi di Matteo. Quando il bambino era apparso sulla porta dello spogliatoio, l'allenatore aveva tirato la mano fuori dalla tasca. Aveva una stretta asciutta, forte. Spesso, guardandolo durante gli allenamenti, Francesco aveva notato che i suoi modi di fare erano quelli di un militare. C'era *qualcosa*, nel modo in cui dava ordini, o impartiva punizioni. Qualcosa che inquietava Francesco. Ma l'allenatore era un uomo onesto. Un uomo di principî. Si vedeva.

Quella sera, guardando dall'alto le luci della città, il fumo che si levava da una foresta di comignoli e le prime stelle che spuntavano in cielo, Francesco Salvador aveva sentito incrinarsi qualcosa nella struttura stessa della sua felicità. Nelle pareti dell'edificio apparentemente saldo che era la sua vita, la sua famiglia.

Aveva messo sul piatto *In the Court of the Crimson King*. Le note di *I Talk to the Wind*, le parole della canzone avevano trasportato il suo cuore da qualche altra parte. Riflesso nei suoi pensieri come nel vetro della finestra davanti a lui, balenava un volto giovane, un sorriso luminoso. Un luccichio di occhi vivaci. Da qualche giorno provava una stretta dolorosa, quasi un senso di perdita. Nella rubrica del suo cellulare c'era un numero nuovo. Soltanto guardare quella serie di cifre, pensare che sarebbe bastata la pressione di un dito, schiacciare un pulsante, per sentire la sua voce, gli faceva battere forte il cuore. Non si sentiva cosí da tanto di quel tempo che era come una sensazione nuova. Sentirsi innamorato. Anche di niente. Anche di una stronza che non ne vuol sapere davvero di te. Per cui non conti un cazzo.

Sentirsi innamorato, a dispetto di tutto.

Sentirsi vivo.

Aveva chiuso gli occhi, cercando di ritrovare nella memoria i dettagli del viso, la grana della pelle, il modo in cui i capelli le lasciavano scoperti i lobi delicati degli orecchi. La sua mano sinistra si era infilata nella tasca del giubbotto, stringendo il guscio del cellulare come se fosse la mano della ragazza.

Quante volte aveva scherzato con i suoi amici sulla crisi della mezza età. Sul fatto di comprarsi la moto, o indossare un giubbotto di pelle.

Di innamorarsi delle ragazzine.

Era stata Jana a scaricargli la nuova suoneria, il brano degli Stars.

La prima volta lei aveva riso, guardando lo schermo del cellulare.

«Ma che cos'ha? Tutte le scritte in cinese?»

«L'ho comprato cosí».

«Ma cosí non va bene», aveva detto lei, ridendo.

E poi gli aveva insegnato a impostare il menu in inglese anziché in cinese mandarino.

L'italiano non c'era, fra le opzioni previste.

Il motoscafo aumentò la velocità solcando come un coltello le acque pigre della laguna, diretto verso un'isola di cui spiccava, anche cosí da lontano, un campanile, come un magro dito puntato verso l'alto.

Francesco chiuse gli occhi, e chiunque l'avesse visto avrebbe pensato che fosse per il riflesso del sole sull'acqua. Ma non era cosí.

Sentí la mano della moglie posarsi sul suo braccio, accarezzare la pelle morbida del giubbotto. L'aveva tanto preso in giro quando l'aveva tirato fuori dalla busta rossa di Ulysses.

«Meno male che non l'hai comprato con gli stemmi degli aerei, come quello che mi hai fatto vedere a Natale. Cosa sarebbe questo?»

«È un'aquila. È un giubbotto dell'aviazione militare».

«Oh. E il tuo aereo dove l'hai lasciato? Come mai sei venuto a piedi, mio bel pilota? Ma non avevi fatto il militare in fanteria?»

«Genio artificieri», aveva precisato lui, con orgoglio.

Il cuore gli cantava in petto, in quei giorni.

Le risposte arrivavano alle labbra precise, allegre come risate.

Le dita della mano di Giulia posate sulla pelle morbida del giubbotto erano lunghe, diafane. Mani aristocratiche. Lezioni di piano, scuole private in Svizzera. Una laurea in architettura mai usata se non sui biglietti da visita e come argomento di conversazione a qualche cena. A quarantadue anni, sua moglie era ancora bellissima. A volte Francesco pensava che lo sarebbe rimasta per sempre. Alzò lo sguardo a incontrare i suoi occhi.

– Ma che cos'hai, oggi? Qualcosa che non va?

– No.

– Passeremo una bella giornata. È da tanto che non facciamo una gita.

– Sai che il lavoro...

– Non mi sto lamentando. Dico solo che è tanto che non facciamo qualcosa insieme.

– Lo stiamo facendo.

– Appunto. Non guastare tutto. Ti prego, non guastare tutto.

II.

Il Lidl delle epifanie

C'era stato un tempo in cui quello che adesso provava per un'altra donna l'aveva provato per sua moglie. Il primo appuntamento. La meraviglia per ogni parola, la scoperta dei gesti, e poi del corpo. La profondità e la leggerezza, *yang* e *yin*. Farla ridere. Renderla fiera di te, come in una canzone. Questo era prima che arrivasse il tempo della tenerezza e del rispetto, prima che l'armonia dei corpi sudati lasciasse il posto alle carezze smagate, alle scuse torpide del mattino: «No, adesso non mi va, non toccarmi».

Ricorda la gioventú.

Ricorda le promesse.

Ricorda i giorni del vino e delle rose. Non durano sempre, d'accordo, non durano mai, in realtà. Ma quanto sono vivi e luminosi, anche nel ricordo, anche dopo che gli anni li hanno lavati come fa il mare con le pietre, smussando, levigando. Nascondendo i tagli e le parti grezze, quelle che se le sfiori fanno male, ma al tempo stesso ti dicono che sei vivo.

Cercò le dita di sua moglie e le coprí con le sue. Sedevano tutti e quattro nell'ultima fila. Visti da fuori, visti da qualcun altro, dovevano sembrare una famiglia unita. Una famiglia ideale. Guardavano attraverso il vetro sporco di salsedine la doppia scia del motoscafo allargarsi a destra e a sinistra, spezzandosi contro le *bricole* e facendo levare in volo qualche uccello, che appena l'onda si smorzava tornava a posarsi sull'acqua.

Pian piano si trasmise loro un senso comune di eccitazione, di attesa. Stavano andando da qualche parte, insieme. Dietro il loro motoscafo, a distanza di qualche centinaio di metri, le altre due imbarcazioni gemelle si muovevano sulla scia della loro, cariche, immaginava Francesco, dello stesso chiasso e della stessa allegria che rendeva gli adulti bambini e li spingeva a fare cose stupide come fotografarsi a vicenda sullo sfondo di un'isola che normalmente dalle loro Audi e Lexus e Jaguar – lanciate verso qualche importante meta terrestre – non avrebbero degnato di uno sguardo. I bambini, paradossalmente, sembravano invece essersi fatti di colpo adulti, come in quel film con Tom Hanks. Osservavano i grandi: i genitori, e quegli sconosciuti che a bordo della barca si comportavano come se fossero grandi amici dei genitori. Studiavano la loro allegria, i loro bizzarri comportamenti, con un'attenzione da entomologi, da scienziati in miniatura.

– Guarda, – esclamò sua moglie, indicando un'altra isola, apparsa a sinistra della barca, come se fosse uscita dalle acque della laguna.

Era la terra dei miracoli a poco prezzo, quel giorno di maggio.

Era il Lidl delle epifanie.

– Ti ricordi? Ci siamo stati...

Non finí la frase. D'un tratto le apparve sul viso la stessa espressione di un pattinatore che si rende conto di essersi spinto troppo in là sul ghiaccio di un lago. Che sente il ghiaccio scricchiolare sotto le lame dei pattini.

Non era un giorno da ricordare in due, quello che le era tornato in mente.

Francesco la guardò, quasi con lo stesso smarrimento.

Se esisteva un Dio dei telefoni, scelse quel momento per manifestarsi, facendo suonare gli Stars sul suo cellulare.

Guardò il numero di chi chiamava. E su che scheda chiamava. Era la *seconda* scheda.

Scusandosi con la moglie si alzò in piedi.

Permesso.

Permesso.

Uscí a poppa, all'aperto. A parte una coppia anziana e dignitosa che non aveva trovato posto all'interno, non c'era nessuno. Francesco non li aveva mai visti prima, sembravano usciti da una tela del Seicento. L'aria era ancora fresca, penetrava nel collo del giubbotto, gli scompigliava i capelli. Il cellulare aveva smesso da un pezzo di suonare.

Sospirando, digitò a memoria le dieci cifre del numero.

Ciao.

Ti avevo detto di non chiamarmi.

Sono in gita.

A Torcello. Con Slow Food.

Certo che te l'avevo detto.

Non vedo cosa c'è di cosí urgente.

Il mese prossimo. Non manca molto.

Sí, ho già i biglietti.

Lo so, anche per me.

Certo che ti amo.

Le ultime quattro parole le pronunciò voltandosi per non farsi sentire dai due sconosciuti, e la sua voce si confuse nel rumore del vento. La ragazza al telefono glielo disse.

Lui scosse la testa, irritato.

Possibile che non capisse?

Sono su una barca.

Poco, ti ho detto.

Ma sí.

No, sono fuori.

Ho detto che sono fuori. Non c'è nessuno.

Lontana duecento chilometri da lí, lei gli disse cosa gli avrebbe fatto, la prossima volta che si fossero visti. La prossima volta che fossero rimasti soli. Lo raccontò con ricchezza di dettagli, entrando in particolari che lo eccitarono. Sentí che il pene gli cresceva nei calzoni di tela leggera, troppo leggera per la giornata, e fu con imbarazzo che abbassando gli occhi incontrò lo sguardo schifato della coppia anziana.

Adesso devo lasciarti.

Certo che ti amo.

Sí. Anch'io.

Ti chiamo io, d'accordo? Non chiamarmi piú.

Ma cos'era poi, questa cosa urgente?

Niente di importante, insomma.

Quando?

No, adesso no.

Anch'io, sí. Ciao.

Ciao.

Chiuse il telefono e puntò verso la cabina, evitando di incrociare lo sguardo con i due passeggeri anziani.

In quel momento il cellulare tornò a squillare.

Francesco lesse il numero. Premette il tasto di risposta e ascoltò la voce ruvida all'altro capo della linea.

Parlò poco.

Chi avesse sentito solo le sue parole non avrebbe avuto idea di quale fosse il soggetto della conversazione.

Sí.

Fate come si è detto.

No.

Non mi interessa.

È un problema vostro.

Non chiamatemi piú.

Ma era davvero il problema di qualcun altro, quello che stava succedendo a nemmeno cento chilometri da lí? Pensò per un attimo a un uccello, uno di quei gabbiani che si levavano in alto al passaggio del motoscafo, e poi planavano nel cavo della scia, tuffando il becco nell'acqua e riemergendo con una preda, un pesce, un guizzo argenteo di vita destinato a diventare un frettoloso pasto.

Pensò che lui non era diverso da uno di quegli uccelli. La sua vita seguiva le stesse dinamiche. La vita di chiunque. Immaginò di levarsi in volo, di essere uno di quei gabbiani e risalire le correnti verticali, sfruttandone le pieghe e i picchi. Sognò di sorvolare il posto dove l'uomo con cui aveva parlato stava *organizzando* la cosa.

Non c'erano mai altre parole, mai un complemento oggetto, dopo quel verbo.

L'azione era quella.

Organizzare.

Mi sto organizzando.

Immaginò la casa, vista dall'alto. La casa al centro dei terreni che in paese da tempo immemorabile chiamavano la *Grava dal Cont*, «la Grava del Conte». I campi incolti in cui da bambino si era sbucciato infinite volte le ginocchia. Le acacie, i gelsi che sembravano gli alberi viventi di qualche saga fantasy. Sotto una fila di quei gelsi, suo zio raccontava di aver trovato, poco dopo la guerra, una fossa lunga e stretta. Dentro c'erano sepolti dodici soldati. Si capiva che erano soldati solo dalle ferite, perché dovevano essere stati sepolti nudi, avvolti in lenzuola grezze di cui rimaneva ancora qualche lembo. Solo uno degli scheletri, quello in fondo alla fila, teneva in grembo una spada. E a quel punto, per la gioia dei bambini, con un gesto teatrale zio Tarciso tirava fuori dalla cassapanca della cucina una sciabola da pirata, tutta luccicante da tanto l'aveva lustrata col Sidol o con qualche altro prodotto di quelli che usava per nettare ciò che trovava nella terra dura dietro l'argine. Francesco la chiamava «la spada del pirata», ma quando fu piú grande, intorno ai quindici anni, suo zio gli disse che era una sciabola da ufficiale della cavalleria napoleonica. Vicino a quel punto, nei pressi del vecchio guado del Tagliamento, gli aveva raccontato che si era combattuta una grande battaglia. Una battaglia il cui nome era inciso sull'Arc de Triomphe, a Parigi.

Chissà quanti soldati dormivano ancora il sonno eterno dei morti sotto le zolle e i sassi, all'ombra dell'argine. «Centinaia, migliaia, dell'una o dell'altra parte, come nostro fratello in Russia, lo zio che non hai mai conosciuto, chissà dov'è sepolto, poveretto», amava ripetere Tarciso.

Zio Tarciso.

Barba Ciso.

Tarcisio, in realtà, ma da sempre tutti lo chiamavano con quell'altro nome, piú corto di una lettera. Se non ricordava male, Tarcisio, o Tarciso, doveva essere stato un santo, un bambino cristiano che si era tenuto un'ostia contro il petto e non l'aveva ceduta neanche quando l'avevano torturato. La stava portando ai condannati che dovevano essere sbranati dalle belve nel circo. Nella memoria di Francesco quella storia si confondeva con un'altra, quella di un ragazzino spartano che si era tenuta nascosta una volpe sotto la tunica, e la volpe l'aveva morso.

Con gli anni la memoria si appiattisce, si compatta. Forma fossili assurdi.

Ma i ricordi legati a suo zio brillavano come diamanti nel fango.

Un giorno, Francesco poteva avere quarant'anni, e quindi doveva essere stato intorno alla fine del vecchio millennio, Tarciso l'aveva chiamato a casa. Sul momento non aveva riconosciuto la voce dello zio, che in tutta la sua vita non gli aveva mai telefonato. Si stupí che avesse il suo numero, che era nuovo, dato che aveva traslocato da meno di un anno. Suo zio non aveva il telefono, nel suo cascinale. Doveva aver camminato fino all'osteria del ponte, perché già allora non usava piú il suo Ape Car, e nemmeno la bici.

«L'ho appesa al chiodo come Binda», scherzava.

O forse era Guerra. O Bartali. Uno degli eroi dimenticati di un'altra epoca, che riemergevano ormai solo in qualche canzone o poesia, e che Francesco ricordava ma che oggi, per suo figlio, non significavano nulla.

– Devi venire a vedere, – gli aveva detto lo zio, con la voce già roca d'alcol e fumo alle otto del mattino.

– Vedere cosa? – aveva risposto Francesco, con la bocca impastata del sabato mattina.

– Non te lo dico. Devi venire qui. Una cosa che ho trovato. *Una roba granda.*

– Ma perché proprio oggi? Ma l'hai visto che tempo fa?

– O vieni adesso o chiamo qualcun altro. Devi vederla, questa.

E aveva riattaccato, senza lasciargli il tempo di replicare.

A quei tempi Francesco guidava ancora la Jaguar a chilometri zero comprata, assieme ad altre cose che nel tempo si era scordato, coi soldi della vendita del primo terreno. Giulia l'aveva criticato, per quell'acquisto impulsivo. «Non è un auto per noi, chissà quanto consuma, il garage è troppo stretto, dove mettiamo la Clio...»

Lui l'aveva convinta che era stato un affare. Che non consumava niente. Che quando l'avessero rivenduta ci avrebbero guadagnato su.

Ovviamente non era vero. Ma guidare quell'auto era un piacere, anche in una giornata del genere, anche per andare incontro a un capriccio di suo zio.

Era un mattino di febbraio. La nebbia sembrava una tenda. Guidare in quel fitto *caligo*, come lo chiamavano i vecchi in friulano, era come entrare nella stanza in cui quattro fumatori accaniti avessero giocato a poker per tutta la notte.

Ci aveva messo un'eternità per arrivare al paese, e da lí all'argine era stata un'autentica impresa, perso il conforto della linea di mezzeria e imboccata la lunga strada bianca per il *rapàr*, l'argine. Gli facevano male gli occhi. Si muoveva in un limbo senza profondità, in un silenzio ovattato in cui si sentivano frusciare le ruote dell'auto. Cosí mancò, anche se di poco, il viottolo che portava al casolare. Imprecando inchiodò sulla ghiaia, fece retromarcia di un paio di metri e imboccò la stradina sterrata che da piccolo aveva percorso migliaia di volte – *milioni* di volte, gli sembrava – da solo o con gli amici, nei pomeriggi finita la scuola, sbrigati i compiti con la fretta di chi ha ben altro da fare. Pensava che avrebbe potuto trovarla a occhi chiusi, la strada. Invece, evidentemente, non era cosí. Gli anni passano per tutti.

In fondo al viottolo, tenendo alta in mano una lanterna a carburo, c'era suo zio. Francesco lo invidiava per la sua capacità di non invecchiare. O forse era il fatto che l'aveva sempre visto vecchio, a farglielo sembrare immutato. Tarciso gli venne incontro agitando la luce come se il cortile fosse il ponte di una portaerei, e lui uno di quegli inservienti che aiutano i jet a fare manovra.

– *T'un dàs mitût, di tímp!*

Ce ne hai messo, di tempo.

– Dico, la nebbia la vedi?

– La nebbia... – scrollò le spalle *barba Ciso*, sbuffando. – Vieni, su, che ti faccio vedere.

Francesco aprí il cofano della Jaguar, tirò fuori un paio di stivali presi all'ultimo momento.

– Non ti servono, quelli.

Francesco non gli badò e finí di infilarseli. Richiuse il cofano, inserendo l'allarme, che in quella nebbia fece un suono strano.

– È lontano?

– Macché. Neanche duecento metri. Pensare che era cosí vicino. Che è stato cosí vicino per tutto questo tempo.

Francesco avrebbe voluto chiedergli *cosa* era cosí vicino, ma sapeva che non sarebbe servito a nulla. Seguí obbediente lo zio lungo un viottolo sconnesso per parecchie centinaia di metri, ben piú dei duecento preannunciati. Arrivati ai bordi di un pioppeto che a Francesco parve di riconoscere, lo zio uscí dal sentiero.

– Adesso sta' attento, – gli disse a bassa voce.

Camminavano adesso lungo un canale d'irrigazione, e nonostante le assicurazioni di Tarciso, la terra lí era molle, nera d'acqua. Gli stivali affondavano, riemergendo con un rumore di risucchio. E meno male che li aveva messi.

Grava, in friulano, vuol dire «ghiaia», «greto sassoso». È una parola antica, arrivata al friulano dal latino aquileiese, e prima ancora dal gallico. Vedendo i campi scuri di qua dall'argine veniva ben difficile associarvi la parola *grava*, almeno a chi non sapesse quanta fatica, quante generazioni di esistenze consumate e schiene spezzate avessero guadagnato alla vite e al mais quella terra magra, ricca solo di sassi.

Francesco si chiedeva per quanto ancora avrebbero dovuto camminare nella nebbia.

– Siamo quasi arrivati, – disse il vecchio, come se gli avesse letto nel pensiero. – Occhio alla buca.

– Che buca? – stava per chiedere Francesco, un attimo prima di vederla.

– Quella.

La luce della lanterna illuminò una fossa piú o meno circolare, intorno ai due metri di diametro. Era bassa, forse meno di un metro e mezzo. Su un bordo erano stati sgrezzati con la pala quattro rudimentali scalini. Francesco e lo zio scesero nella buca.

– Attento a non pestarla, – sussurrò Tarciso, indicando con la lanterna il lato opposto dello scavo.

Stava per chiedergli *cosa* non dovesse pestare, quando la vide.

Era una forma allungata, coperta da un telo.

– Ero in cima all'argine, lassú, – indicò il vecchio, puntando il dito verso il muro di nebbia. – Ho visto subito che qui la terra aveva un colore diverso.

Zio Tarciso si era sempre sentito piú un archeologo che un contadino. I suoi scavi per tutta la proprietà di famiglia avevano contribuito ad abbassarne il già scarso valore. Scarso in teoria, ovviamente. Scarso a quei tempi. Per come vedevano allora le cose.

Aveva sempre studiato. In modo folle, assurdo, senza nessuna disciplina o metodo, come ci si poteva aspettare da un assoluto autodidatta. A scuola non era andato oltre la quinta elementare. Che per i suoi tempi e per la sua classe sociale era già qualcosa, diceva sempre il padre di Francesco, come se dovesse giustificarsi davanti al figlio e alla sua laurea, anche se era stato il duro lavoro suo e di Tarciso a permettergli di terminare gli studi.

Barba Ciso rappresentava un bizzarro vicolo cieco nell'evoluzione che aveva portato la famiglia Salvador dalle stalle alle stelle nel giro di due generazioni. Pur prendendo il volo con la fantasia e i suoi studi da autodidatta, Tarciso era sempre rimasto legato alla terra, anche se non sembrava sapere bene cosa farsene.

Non aveva mai seminato niente, non si era mai dato cura di quei campi, nemmeno per prendersi la briga, come facevano tanti, di darli in affitto ai coltivatori di Rauscedo, che ci facevano crescere le barbatelle di vite poi esportate in tutto il mondo.

E adesso il vecchio indicava al nipote la fossa con lo stesso orgoglio con cui un padre mostrerebbe una ricca eredità pronunciando il classico «un giorno tutto questo sarà tuo».

– Cosí mi sono detto, proviamo a scavare.

E spiegò al suo unico nipote come si infila una sonda nel terreno, una sonda artigianale che aveva fatto con le sue mani, un'asta flessibile di ferro che usava per vedere se sotto terra c'era del vuoto.

Gli descrisse la sua gioia quando l'asta l'aveva incontrato davvero, il vuoto. L'emozione del primo colpo di vanga.

Con calma, quasi con sacralità, tolse poi il telo di plastica, svelando quello che c'era sotto.

Un mucchio d'ossa, disposto piú o meno in forma umana.

– Un altro soldato? – chiese Francesco, senza nascondere la delusione.

– No. Questo è piú vecchio. *Questa.* È una donna.

Lo scheletro era minuto, giallastro. Le ossa del cranio ridotte in frammenti. Sí, sembrava davvero molto vecchio.

«Antico» era la parola giusta.

– Come hai fatto a non muovere le ossa, scavando?

– Ho letto tanti libri, cosa credi? So come si fa. Ho anche fotografato mentre scavavo.

– *Tu* hai *fotografato*?

– Perché? Credi che non sono capace?

– Non avresti dovuto avvisare qualcuno? Chiamare le... come si chiamano, le Belle Arti?

– No che non dovevo. Questa è terra mia.

Francesco decise di non replicare. Non ne valeva la pena. Le discussioni, con *barba Ciso*, erano perse in partenza.

Lo scheletro aveva le mani giunte sul petto, e fra le ossa schiacciate s'intravedeva qualcosa di colorato. Qualcosa dai molti colori.

– Cos'è?

– È per questo che penso che è una donna.

Si inginocchiarono insieme. Le ossa dello zio scricchiolarono.

La donna teneva tra le dita una collana fatta di oggetti simili a perle di vetro. Azzurre, gialle, rosse. Il filo che le aveva legate doveva essersi decomposto, ma la forma della collana era ancora visibile.

– Poi vedi lí?

Indicò al nipote un oggetto rettangolare, dello stesso colore del fango, accanto al cranio dello scheletro.

– È un pettine da donna.

Francesco accarezzò quell'oggetto fragile, di legno o piú probabilmente d'osso. In quel momento pensò che lo zio non era affatto un coglione.

– Quanto è antica?

Il vecchio alzò le spalle. – Ho trovato un paio di monete, setacciando la terra. Roba piccola, di rame.

– E allora?

– Allora una era un *nummus* di Giustiniano. Impero Romano d'Oriente.

– Che vorrebbe dire quando?

– Sesto, settimo secolo.

– E l'altra?

– Mah. L'ho pulita, studiata, ma non capisco cos'è. E dire che m'intendo, io, di monete.

– Cosí finalmente hai fatto la tua scoperta.

Lo zio lo guardò di sottecchi. – Non è mica la prima.

– No?

– Macché. Pensi che ho scavato tutti questi anni per niente? Ho naso, io, per queste cose. Ho un sesto senso.

Poi sembrava essersi pentito. Tornò a farsi evasivo. Mostrò a Francesco come i coppi rotti e l'altro materiale di recupero con cui era stata fatta la tomba fossero di origine tardo-romana. Gli espose le sue ipotesi, dovute quasi esclusivamente alla moneta e alla collana.

– Sono quasi sicuro che è la tomba di una donna di qui. Dei tempi dell'invasione longobarda.

– Ma la moneta non era bizantina?

– Quello non c'entra. I longobardi non avevano monete di rame. I primi tempi facevano monete d'oro che erano imitazioni di quelle bizantine. Ma non di rame.

– E allora non potrebbe essere una tomba longobarda?

– No. Ho studiato com'erano, le tombe longobarde. Erano diverse.

– Ti credo sulla parola.

– Ecco, bravo. Credimi, che fai bene. Me ne intendo, io, di queste cose. E dato che sono un contadino te ne dico un'altra che sicuramente non sai. Guardale tra le gambe.

Francesco era sul punto di rispondergli male, ma conoscendo lo zio sapeva che non era il caso di farlo incazzare.

– Guarda le ossa del bacino. Sono spezzate.

– Anche quelle della testa.

– Quelle si sono rotte quando il tetto della tomba è caduto. Le ossa del bacino invece... – *Ciso* tirò un sospiro. – Quelle sono state rotte apposta. Guarda. Le hanno spezzate con un martello.

– Cristo Dio, ma perché?

– Ho la mia idea. Non sapremo mai se ho ragione, ma sono sicuro di avercela. Le hanno spezzato le ossa per far nascere un bambino.

– Un bambino?

– Probabilmente non passava attraverso l'apertura del bacino, il foro, il come si chiama. Cosí hanno rotto le ossa.

– Ma la donna...

– Sarebbe morta lo stesso, se non l'avessero fatto. Cosí almeno il bambino si è salvato.

– Come fai a saperlo?

Tarciso si infilò la mano nella tasca del giaccone. Ne tirò fuori qualcosa, che nascose dietro la schiena.

– Se fosse morto l'avrebbero sepolto con la madre, – fece. – Ma le sue ossa non c'erano. C'era questo, invece.

Tese la mano chiusa a pugno.

L'aprí.

Era molto piccolo. Un amuleto, aveva pensato Francesco sulle prime. No: un *giocattolo*. Una minuscola bambolina d'avorio, o d'osso, di rozza fattura. Meno di cinque centimetri.

– Questa l'ho trovata *sopra* la tomba, non dentro. C'era un cerchio di pietre, appena sotto la terra. E in mezzo al cerchio c'era questa bambola.

I due uomini – il giovane e il vecchio – erano rimasti a lungo in silenzio, a guardare quel giocattolo antico forse di milletrecento anni. Francesco si era commosso a pensare alla bambina, ormai polvere da tempo immemorabile. La bambina senza volto né nome che una volta cresciuta aveva deposto il suo giocattolo sulla tomba della madre morta nel darla alla luce. La nebbia avvolgeva il sepolcro. Il silenzio intorno a loro era il silenzio della storia, del passato buio come il fondo della laguna.

Ripensò a tutto questo, prima di rientrare in cabina. Oltre il vetro vedeva i suoi figli, sua moglie. Tra di loro, c'era il suo posto vuoto. Pensò alla tomba di suo padre, pensò a suo zio Tarciso, e gli venne da piangere.

Presto sarà tutto finito, pensò.

Presto tutto sarà sistemato.

Tutto andrà bene.

Andrà bene per tutti.

III.

L'infinita complessità del viaggio

– Dove sei stato? – gli chiese sua moglie.
– A prendere un po' d'aria.
– Non stai bene?
– Mi mancava l'aria.
– Chi era, al telefono?
– Lavoro.
– Anche di domenica?
Francesco alzò le spalle per l'ennesima volta, fece una mezza smorfia.
– Quando siamo arrivati? – domandò Beatrice. Matteo era ancora immerso nel suo videogame, una cosa coloratissima in cui dovevi battere un porcospino blu in una gara olimpionica.
– Intanto si dice «quando arriveremo», – la corresse la madre.
– Okay. Quando *arriveremo*?
– Devi chiedere al capitano.
– *Quello* è il capitano?
– Sí.
– Non sembra.
– Ma lo è. Dài, vagli a chiedere.
Ovviamente la bambina non si mosse.
– Manca poco, – le sorrise Francesco.
– Sul serio?
– Te lo dice papà. Non ti fidi?
– Non tanto. È come quando siamo andati a Parigi.

Vi domandavo quanto tempo mancava e voi dicevate sempre: «Manca poco, manca poco».

– A volte una piccola bugia rende piú piacevole il viaggio.

– Ma a me non piacciono le bugie.

– Allora guarda, – le spiegò Francesco, in tono paziente. – Vedi quell'isola laggiú? Adesso andiamo lí. Vedi che manca davvero poco?

– È dove andiamo a mangiare?

– No, è Burano. Ci fermiamo poco, un'ora e poi si va a Torcello, a pranzo.

– Pensavo che era una gita piú bella.

– Si dice «pensavo che *fosse*», – la corresse sua madre.

Francesco le diede un'occhiata come per dire «lascia perdere». Lei gli restituí la smorfia di poco prima. Quando faceva cosí lui l'adorava. Giulia tornava per un attimo la donna giovane e vivace di cui si era innamorato tanti anni prima.

Guardò Beatrice. Cercò di trovare nella bambina qualche somiglianza con la moglie, ma come sempre non ci riuscí. Era cosí diversa dai genitori che avrebbe potuto essere un *changeling*, uno di quei bambini del folklore irlandese che gli elfi, o i nani (non ricordava mai bene), lasciavano nella culla dopo aver rapito un neonato umano.

– Cos'hai? – domandò sottovoce Giulia, intercettando il suo sguardo.

– Niente. Cosa si fa, a Burano?

A Burano, come avrebbe scoperto poco dopo, si gira per negozi, o si visita il museo del merletto, o del ricamo, o come diavolo si chiama. Francesco non aveva voglia di fare né l'una né l'altra cosa. Cosí lasciò che le due donne andassero a visitare il museo di quel cazzo che era, mentre lui e Matteo se ne andavano a zonzo, in cerca di un negozio di giocattoli o di un'edicola che vendessero carte di *Yu-Gi-Oh!*

All'epoca era praticamente l'unica cosa, a parte il Nintendo, che interessasse a suo figlio.

Erano carte giapponesi.

Carte di mostri, angeli e un sacco di altre cose. Alcune carte erano buffe, altre orribili. Qualcuno diceva che erano parte di un culto satanico. Un problema che non toccava minimamente Francesco Salvador. Quello che non gli andava giú era il *prezzo* di quelle carte.

Costavano quattro euro e mezzo a bustina. E quasi mai ci trovavi dentro qualcosa di buono. Matteo in camera sua aveva una scatola di cartone grande come una valigia, piena di quelle carte. Un capitale. Poi aveva un raccoglitore con le carte buone, e quelle non erano piú di una trentina. Una buona su cento, piú o meno. Giulia era letteralmente scandalizzata da come suo marito assecondava quella mania di Matteo. Ogni volta che c'era un calo nel rendimento scolastico del bambino, oppure ogni volta che faceva i capricci, lei minacciava di tagliargli i rifornimenti di carte. Dichiarava un embargo totale, che però Matteo e suo padre trovavano immancabilmente il modo di aggirare.

– Sai, non credo che ne troveremo, in questo posto, – ci tenne a precisare, guidando il figlio lungo stradine strette e buie, e in un paio di androni che puzzavano di piscio e di mare.

– Io credo invece che le troveremo.

– Posso comprartele su internet.

– Ma dài, papà, non è la stessa cosa.

– No?

– Vuoi mettere il piacere di aprire la bustina?

– E di non trovarci niente.

– A volte ho trovato. Bisogna sempre provare.

– Con quello che paghi cinque bustine di carte io mi compro una moneta romana.

– Ah sí?

– Certo. E quella ha duemila anni. È unica. Non è un pezzo di carta che viene stampato in milioni di copie.

– Non è vero. *Yu-Gi-Oh!* non è cosí. Ci sono anche carte uniche. Ce n'è una che è stata stampata in una copia sola, per il vincitore del primo torneo mondiale. E lo sai quanto vale? Dài, prova a dire? L'ho visto su internet.

– Ma non ne ho idea.

– *Cinquantamila dollari*. E poi scusa, papà, ma non è mica vero che spendi solo venti euro per una moneta.

– E tu cosa ne sai?

– L'altra sera ti ho visto. Ho visto la tua pagina di eBay. Hai pagato *duecento* euro per una moneta.

Francesco arrossí. – Cosa fai, mi spii? Li ho *offerti*. Non l'ho comprata. È stata venduta per *duecentoquaranta* euro.

La passione per la numismatica era un'altra delle cose che Francesco aveva preso, senza accorgersene, da suo zio.

– Pensa se mamma lo scopre.

– Vediamo di non dirglielo, d'accordo?

– Mamma ti uccide, se lo scopre, – sorrise Matteo, sadicamente. – Ma che moneta era, che costava cosí tanto?

– Era un sesterzio di Filippo II. Molto raro. Quasi fior di conio. Non puoi capire.

– Era la moneta di una capra.

– *Sul verso* c'era una capra. Era una moneta commemorativa del millenario di Roma. Filippo II, e il padre Filippo I, che tutti chiamavano Filippo l'Arabo, avevano celebrato il millenario di Roma con grandi spettacoli nel circo. Gladiatori, animali rari. Come su quella moneta.

– La *capra* è un animale raro? – domandò scettico Matteo.

– Non è una capra. Cioè, forse è una capra *rara*. Tipo una capra asiatica.

– Ma cosa può fare una capra, nel circo? Brucare i gladiatori?

Francesco sentí che era il momento di passare al contrattacco. O trovava il modo di sviare l'attenzione di suo figlio oppure avrebbe continuato a parlargli per ore di quella maledetta moneta.

– Lo sai quando è stata fondata, Roma?

– 753 avanti Cristo...? – sussurrò in tono dubitativo Matteo, rimanendo poi zitto in attesa di una conferma, o di una smentita.

– Allora? – insisté, dopo un po'.

– Allora cosa?

– È giusto o no, 753 avanti Cristo?

– E che ne so? È da un pezzo che non studio storia. Fammi fare un calcolo. Sí. A occhio penso che sia giusto. Il millenario l'hanno celebrato nel 248. Quindi sí, è giusto. Tuo nonno la sapeva a memoria, la data di fondazione di Roma. Ai tempi del fascismo dovevi saperla per forza.

Erano entrati in una piazzetta che aveva su un lato una grande chiesa, sull'altro la filiale di una banca, e davanti l'acqua della laguna.

– Niente cartolerie, – sospirò Matteo.

– Te l'avevo detto.

– Proviamo là, – fece, indicando una strada che andava verso destra.

– Non abbiamo molto tempo.

– Ma dài, papà. Proviamo. Cinque minuti. È un'isola piccola.

Trovarono infatti, dopo qualche isolato, una cartoleria che vendeva anche giocattoli. Ma le uniche carte che tenevano erano dei Gormiti e di *Magic*.

– Provate all'edicola in piazza, – suggerí la titolare del negozio. – Mi pare che lí tengono anche altre carte.

– Possiamo andarci, papi?

– È di strada. Facciamo un tentativo, dài.

L'aria del mattino si stava scaldando. Francesco cominciava a sudare nel suo giubbotto da aviatore. Ma per nulla al mondo se lo sarebbe tolto. La sua teoria era che ci sono capi di abbigliamento che ti fanno bene *dentro*. Che ti aiutano a vivere. Si tolse invece il maglione verde Ralph Lauren e se lo legò intorno alla vita, e pazienza per quello che avrebbe detto Giulia.

L'edicolante della piazza in effetti aveva qualche bustina di *Yu-Gi-Oh!* Matteo le guardò con aria poco convinta. Poi ne scelse due.

– Prendine tre, – lo incitò il padre.

– No, non è l'ultima serie. Sono carte vecchie.

– Allora non prenderle.

– No, due le prendo.

Francesco pagò. Nove euro.

Poi lui e suo figlio andarono a sedersi sugli scalini di una chiesa.

Non poté fare a meno di pensare che seduti cosí, chini sulle bustine colorate, sembravano due drogati intenti a prepararsi una dose.

– Allora? – chiese, quando il figlio ebbe scartato le due bustine nel solito modo, che a Francesco sembrava un rituale.

Il bambino girò le carte aperte come in una mano di poker.

– Sono buone? – chiese Francesco.

Matteo scosse la testa. – No. Fanno pena.

Tornarono a passi lenti verso l'imbarcadero, orientandosi a memoria. A un certo punto pensarono di aver perso la strada, finché Francesco non riconobbe un'infilata di case dai colori vivaci, con appese davanti delle reti da pesca. Risalirono lo stretto canale. Casse di pesce venivano scaricate dalle barche attraccate al molo. Richiami nello squillante dialetto locale risuonavano da un lato all'altro di una calle, da due donne invisibili. Il mondo, quel mattino, era diviso fra luce e ombra, e la luce era gloriosa, era la stessa di certi quadri del Cinquecento che Francesco e Giulia avevano ammirato alla Galleria dell'Accademia, durante una delle gite che un tempo, nell'era PDG – Prima dei Gemelli –, facevano praticamente ogni fine settimana. Ma quel giorno anche l'ombra di certe calli di scorcio parlava, almeno al cuore di Francesco. Gli raccontava la storia di un mondo attraversato senza quasi vederlo, senza capirlo davvero, un mondo come un frutto succoso lasciato marcire, alla ricerca continua di altri frutti destinati a loro volta a essere scartati. Da quando erano nati i gemelli, la vita aveva preso velocità, li aveva trascinati via, senza lasciare che godessero, come un tempo, di ogni momento, di ogni sensazione. Come un drogato – ed era ormai la seconda volta, quel giorno, che a Francesco veniva in mente quel brutto paragone – aveva bisogno di dosi sempre maggiori di ogni cosa, per provarne un po' di gusto. Le cose semplici non gli bastavano piú. E lo stesso valeva per sua moglie, ne era sicuro.

Luce e tenebra si combattevano nel cuore di Francesco, mentre pensava al vecchio nel casolare isolato, e agli uomini che stavano andando a trovarlo.

Guardando Matteo provò un senso di nausea verso se stesso, per quello che era diventato.

– Cosa c'è, papi?

– Niente.

– Sei preoccupato perché pensi che ci siamo persi?

– No, non sono preoccupato. Ho te come guida.

Era uno scherzo, ma non del tutto.

L'autunno prima, durante una camminata nei boschi sopra Maniago, si erano persi. Il navigatore GPS era rimasto in macchina. E i cellulari, sia il TIM di Francesco sia il Vodafone di Giulia, non trovavano campo. Per qualche brutto momento, mentre faceva buio, Francesco aveva pensato che non ce l'avrebbero mai fatta a uscire da quel bosco. Che avrebbero dovuto passare la notte lí, se non peggio.

Ma poi Matteo aveva detto: «Papà, c'è gente, piú in basso. Sento delle voci».

Lui e sua moglie, che portava in braccio la bambina addormentata, non sentivano proprio niente. Ma avevano deciso di fidarsi dell'udito e del senso dell'orientamento di Matteo, e cosí avevano sceso il costone fangoso, rischiando a ogni passo di scivolare nella forra in fondo alla quale rumoreggiava invisibile un torrente. Arrivati in fondo alla ripida discesa avevano visto una coppia di anziani che si muoveva a schiena bassa su un sentiero, dieci metri alla loro sinistra. Erano vestiti di verde e marrone, e avevano l'aria furtiva. Li avevano visti nascondere dietro un cespuglio due sacchetti della Coop. Al loro arrivo si erano raddrizzati, e li avevano guardati di sguincio, diffidenti. Poi quando avevano visto i due bambini si erano tranquillizzati, avevano dato loro le scarne informazioni che servivano per ritrovare la strada.

Scoprirono che si erano persi a meno di trecento metri dalle prime case del paese. Ma quel giorno rimase inciso nella loro leggenda familiare come «il giorno che Matteo ci salvò dalla morte nel bosco».

– Credo che sia di là, – indicò il bambino, puntando l'indice verso il fondo della calle, dove si vedevano un distributore arrugginito e un capannello di gente. Avvicinandosi, riconobbero Giulia e Beatrice.

– Dove siete stati?

Giulia era carica di borse e sacchetti.

– A cercare carte di *Yu-Gi-Oh!*

– Anche qui?

Francesco alzò le spalle. – E voi cosa avete comprato?

– Dei ricami. Vedrai. Cose molto belle.

– Bene.

– Sicché non avete visto niente. Solo carte.

– E voi invece cosa avete visto?

Sua moglie reagí come Francesco aveva previsto, alzando le spalle.

Salirono sul motoscafo in silenzio. L'alchimia dei gemelli, che di solito produceva fenomeni esplosivi, quel mattino sembrava non funzionare.

– Gli hai almeno fatto mangiare qualcosa? – chiese sua moglie dopo dieci minuti che si erano seduti, interrompendo un silenzio fatto di sguardi rancorosi da parte sua, e di occhiate troppo innocenti di Francesco. – È lunga, fino a pranzo.

– Certo, – mentí.

– Ah sí? Cosa?

Vedendo che non rispondeva, Giulia interrogò direttamente il figlio, ottenendo risposte talmente evasive che a Francesco venne voglia di strozzarlo.

– Sicché non gli hai fatto mangiare niente.

– Non abbiamo avuto tempo.

– Però il tempo per cercare le carte l'hai trovato.

– Non erano per me.

– Sai che non mi piace che gliele compri.

– Okay.

– Se poi il bambino viene su viziato, la colpa di chi è? È mia, vero?

– Non sono io che distribuisco le colpe. O le assoluzioni.

Si guardarono a lungo negli occhi. Una specie di braccio di ferro fatto di sguardi e silenzio. Francesco queste cose non le reggeva. A un certo punto incrociò gli occhi, fece una smorfia. I gemelli, che avevano seguito lo scontro silenzioso con un'attenzione da spettatori a Wimbledon, scoppiarono tutti e due a ridere. Matteo tenendosi la pancia, Beatrice con maggior compostezza, ma comunque impedendo il protrarsi di una cosa che non aveva piú senso, che non poteva proseguire se non a rischio di soccombere sotto una valanga di ridicolo.

– Quando arriviamo, mamma? – chiese tutto dolce Matteo, svelando un ruffiano cambio di campo.

– Presto.

– Pensi che ci saranno i calamari fritti?

– Non penso niente. Chiedi a tuo padre.

– Ma quanto manca?

– Poco.

Quel «poco» era contraddetto dalla corsa in lenta accelerazione del motoscafo sull'acqua torpida della laguna, fra noiosi canneti che non avrebbero mai ispirato nessun verso e nessun quadro. Per quanto coi pittori e i poeti non si possa mai dire.

Quel «poco», per un bambino, era un lungo purgatorio.

Tenere a bada i gemelli era una delle poche attività in cui i coniugi Salvador accettavano senza discussioni di fare gioco di squadra. Quindi il fatto che Giulia rifiutasse di fare la sua parte di fronte alle domande assillanti del figlio non era un segnale tranquillizzante.

Francesco si rassegnò. Prese in mano la situazione, e in fondo fu contento di avere un compito che lo distraesse, impedendogli di andare con la mente a quanto stava accadendo altrove. Se di «altrove» si poteva parlare, giacché stava accadendo a qualcuno che era parte della sua vita, della sua famiglia. Da quanto tempo non lo vedeva?

L'ultima volta è stato in ospedale, si sforzò di pensare. *Quando morí papà*.

L'inverno dell'anno prima.

Era stato un inverno secco e rigido, quello che si era portato via suo padre. L'ospedale di Udine era un territorio sconosciuto, ostile. L'enorme atrio con la scultura incomprensibile al centro, incongruo per quel luogo di sofferenza, sembrava piú adatto a un albergo americano, e aveva offeso lo zio. Lo si capiva da come scuoteva la testa. Da come brontolava mangiandosi le parole. Si capiva solo un «porco, porco», riferito chissà a cosa. Al mondo forse. Al fatto che i legami di sangue li senti forti, in momenti come quello, quando la morte bussa e ti vengono in mente cose vecchie, cose di quando eri bambino. Un fratello ritorna un fratello. Un padre un padre. L'amore diventa una parola piú grande, piú larga. Può tenere dentro il mondo, e allo stesso tempo è tutta concentrata lí, sulla persona da cui ti separi.

Suo padre non sapeva di dover morire. Glielo avevano nascosto. Pensava, sí, di avere qualcosa di grave, ma non sapeva quanto.

Lo sapeva Tarciso, però. Vedendoli insieme, uno accanto all'altro, Francesco aveva pensato due cose.

La prima era che si assomigliavano, i due vecchi.

Che il naso era lo stesso, completamente diverso dal suo.

E la testa, anche, uguale. Lunga e stretta.

Gli stessi capelli dall'attaccatura alta.

La seconda cosa che gli era venuta in mente, una cosa che temeva, era che dal disagio del fratello suo padre capisse che qualcosa non andava, che quel ricovero improvviso non era per un controllo di routine come gli avevano detto.

Ma era andato tutto bene.

Bene per modo di dire.

Lo zio aveva retto il gioco fino in fondo.

Ma forse erano *tre*, le cose che gli erano venute in mente vedendoli. La terza era che nello zio c'erano risorse d'affetto insospettabili, una miniera di tenerezza nascosta che ora, al capezzale del fratello, veniva alla luce. Oro ruvido, grezzo, che luccicava all'angolo gonfio degli occhi, o in una parola pronunciata sottovoce, leggera e timida come una carezza.

– Non voglio vederlo, – disse a Francesco, che lo stava riaccompagnando a casa.

Se ne stava rigido, sul sedile di cuoio della Mercedes. Come se tutte quelle lucine colorate del cruscotto, e le luci altrettanto sgargianti delle vetrine che scorrevano ai lati dell'auto lo mettessero a disagio.

– Non voglio piú vederlo, – ripeté.

Francesco capí cosa voleva dire.

– Per quanto ne avrà ancora? – sussurrò il vecchio.

– I medici non dicono. Non molto, comunque. Restano sul vago. Al massimo un paio di settimane.

– Sicché questa è l'ultima volta che lo vedo, – sospirò Tarciso. – *È mio fratello*, – aggiunse, come se quelle tre parole spiegassero tutto. E forse era davvero cosí.

– Tuo padre mi lascerà i campi dietro l'argine, – disse. – La *Grava dal Cont*. Ne abbiamo parlato, prima. Tu ne hai parlato con lui? Sei d'accordo?

– È roba sua, – rispose Francesco, cercando di fingere indifferenza. Sentendosi invece gelare dentro.

Quei terreni erano la sua ultima speranza.

La sua casella di posta elettronica era intasata di messaggi del direttore della banca. Messaggi sempre meno rispettosi.

Non rispondeva piú al cellulare quando vedeva il suo numero, o un numero che non conosceva.

La sua maledizione si chiamava *Strangle Ratchet*. Il nome dei contratti in derivati che gli avevano fatto firmare per coprire i suoi debiti, e che adesso gli stavano scavando la fossa.

Era stato Remo a convincerlo che quella era l'unica alternativa. «Ma sí, fai come ti dicono. Firma. Che cazzo vuoi che succeda?»

«Abbiamo bisogno di garanzie. Di altre *garanzie», era il leitmotiv di quella piccola serpe del direttore, col suo sorriso da santerellina.*

«Mi avete fatto fare quelle operazioni, come garanzia. Quei derivati», aveva protestato lui.

«Ha visto quanto valgono, adesso? Ha visto gli ultimi flussi? Il mark to market*? È sotto di quasi duecentomila euro».*

«Me li avete venduti voi», si era difeso Francesco, in un tono lagnoso.

Il direttore l'aveva ignorato.

«Abbiamo bisogno di altre garanzie».

Ma le uniche «altre garanzie» che Francesco Salvador poteva offrire alla banca erano i terreni che invece, lo scopriva in quel momento, sarebbero andati allo zio.

– A tuo padre non è andato giú quello che hai fatto con la sua terra, – commentò zio Tarciso.

Non lo disse in tono duro. Lo disse in modo piano, come se parlasse del tempo, e non della condanna di suo nipote alla bancarotta.

– Li ho fatti fruttare. Erano buoni solo per fare sassi.

– Erano di tuo nonno. Fatti su pezzo per pezzo, lavorando da quando aveva dieci anni. In Germania, in Canada. Erano roba di famiglia. Di tuo nonno e di tuo padre. E anche miei. E tu li hai fatti fuori in meno di dieci anni.

– Non ce ne facevamo niente. Non servivano a niente.

– Almeno non servivano a quello che servono adesso.

Francesco in quel momento avrebbe voluto scaricarlo dall'auto. Vederlo rotolare giú, disfarsi in mezzo alla strada, frantumarsi come un melone marcio sul cofano di un camion. Quel vecchio che in vita sua non aveva combinato niente di buono. Quel vecchio inutile, quell'eremita bislacco che forse non aveva nemmeno mai fatto l'amore con una donna.

– Comunque le terre dietro l'argine non le avrai. Quelle toccano a me. Tuo padre me l'ha promesso. Ho lavorato duro per quella terra. Senza mai chiedere niente. Toccano a me. Sono mie. Dovrai aspettare che io sia morto. E non è detto che succeda domani. Ho una salute di ferro, io.

– Avresti la tua parte. Un bel po' di soldi.

– I soldi non mi servono. Mi serve casa mia. La mia terra. Tuo padre lo sa. *Tuo padre.*

Il giorno dopo, Francesco era tornato a trovarlo, suo padre.

Dormiva.

Rimase a lungo a guardarlo dormire, la testa quasi affondata nel cuscino, i capelli bianchi fattisi fini come quelli di un bambino, e quasi trasparenti. Si sedette nella poltrona di finto cuoio, cercando di non far rumore. Fuori della finestra, nel grigio del cielo, le finestre del padiglione di fronte erano tutte chiuse.

Non c'era niente da vedere.

Antonio Salvador aprí gli occhi e sorrise, vedendo che suo figlio era lí, accanto al suo letto.

– Sei qui. Come stai?

– Bene. E tu?

– Bene. Stamattina bene. Non ho piú male.

Le chiamavano «bombe», i cocktail di medicine che gli davano per tener calmo il dolore, quella bestia che gli ruggiva nelle ossa, nel sangue.

– Stanotte ho sognato tua madre. Curioso. L'ultima persona... – Tirò il fiato. Il suo respiro sapeva di medicine. – L'ultima persona che avrei pensato di sognare.

– E cosa faceva?

– Ma niente, non mi ricordo. Cosa vuoi che importi. Dimmi di te. I bambini come stanno?

– Stanno bene. Crescono.

– È tanto che non li vedo.

– C'è la scuola. Te li porto sabato.

– *No, i no voj ch'i ti ju puartis chí. A l'è un brut post.*

– A casa, allora. Quando torni, – mentí suo figlio. Si vergognò immediatamente di aver pronunciato quelle parole.

Quando torni.

Per un attimo, sul volto del vecchio comparve uno sguardo diverso. Uno sguardo che voleva dire tante cose, o forse una sola. Ma poi lo nascose bene, infilandolo sotto un sorriso che mise in mostra il buco che aveva fra i denti. Il ponte caduto che da anni diceva di voler sistemare. Francesco frequentava il miglior dentista di Pordenone. L'avrebbe curato gratis suo padre, se Francesco gliel'avesse chiesto. Ma non gliene aveva mai parlato. Era solo capace di vedere che con quel buco in mezzo alla bocca suo padre faceva schifo.

– Posso fare qualcosa per te? Hai bisogno di niente? – domandò.

Suo padre scosse la testa.

– Ti serve dell'acqua?

– Me la portano.

– Un giornale?

– Non riesco piú a leggere. Mi fa subito male la testa.

Francesco rivide, nella memoria, la lastra della TAC.

Le isole bianche, le zone opache a macchia di leopardo che erano il male in crescita dentro suo padre.

Tutto quello che voleva, in quel momento, era uscire da quella stanza, andarsene di lí. Che tutto fosse finito.

– Una cosa puoi farla, – sussurrò il vecchio morente che tanti anni prima l'aveva tenuto in braccio. – Devo andare in bagno.

– Pensavo...

– Non lo sopportavo.

– Non te lo sei tolto, vero?

– Ma no. Aiutami, dài. Da solo non ce la faccio.

Avrebbe voluto dirgli, pregandolo in ginocchio, di risparmiargli quella cosa. Di non chiederglielo. Invece disse soltanto: – Va bene.

Era strano, era forse la cosa piú strana che Francesco avesse fatto, o che avrebbe mai fatto in futuro: sollevare suo padre dal letto, reggerlo mentre si appoggiava a lui, cingergli il collo col braccio.

Suo padre non aveva quasi la forza di camminare. Si muoveva a passi corti, trascinando i piedi.

– Piano, – sussurrò.

– Cosí?

– Sí, ma piú piano. È un po' che non scendo dal letto.

Francesco lo aiutò, sorreggendolo come un bambino. La stanza sembrava essersi fatta enorme. Ogni passo era una fatica. Camminavano uniti come due danzatori.

Erano arrivati a metà della stanza, quando Francesco si accorse che suo padre si lasciava dietro una traccia di gocce giallastre.

– Papà...

– Aiutami.

– Puoi tenere duro?

– *Sto* tenendo duro.

Francesco guardò con un senso di disperazione e vergogna la scia di orina che si lasciavano dietro.

– Papà…

– Siamo arrivati. Apri, per piacere.

Guidò suo padre fino al water. Rimase a guardarlo, sempre piú imbarazzato, mentre trafficava con la patta dei calzoni del pigiama. La pozza attorno alle sue ciabatte logore – *ma dove le aveva trovate, quelle ciabatte orrende?* – si allargava sempre di piú.

Francesco si guardò intorno come se davvero potesse esserci, da qualche parte, una soluzione.

Come se le soluzioni pendessero dal soffitto, e bastasse coglierle con lo sguardo, o con la mano.

Ma non ce n'erano.

Cosí non si mosse, mentre suo padre si pisciava addosso. Mentre lentamente, inesorabilmente, riduceva il bagno a un disastro, come i pantaloni del pigiama.

Rimase accanto a lui, sorreggendolo, cercando di non pensare, o di pensare che tutto si poteva sistemare.

Riportò suo padre a letto. Cercò di guidarlo in un tragitto sicuro, ma il vecchio riuscí lo stesso a mettere i piedi sul bagnato, lordandosi ancora di piú le ciabatte.

– Chiamo un'infermiera, – sussurrò Francesco.

– Per cosa?

– Ti sei bagnato.

– Non è vero.

– Papà, non fare il bambino. Come si fa a chiamare l'infermiera? È quel pulsante lí?

– No l'è bisugna.

– Allora, è questo?

– No ti lu dís.

Francesco si alzò dalla poltrona.

– Dolà va-tu?

Francesco non si voltò nemmeno.

Era arrabbiato.

Furioso.

Il corridoio era deserto. Un albero di Natale ingombrava ancora un angolo accanto al distributore delle bibite.

Non era Natale da nessuna parte.

Nemmeno in Russia.

Era l'inizio di *febbraio*, cazzo.

Infilò la testa in due stanze, ricevendo sguardi curiosi da vecchi e vecchie affondati nei cuscini, relitti umani senza amore, occhi liquidi, lame di diffidenza dal filo smussato.

Trovò l'infermiere nella terza stanza, uno sgabuzzino con un forte odore di caffè.

– Scusi. Ho bisogno di una mano. Mio padre ha combinato un disastro.

– Ah sí? E che avrà mai fatto?

– Doveva andare in bagno, ma non c'è riuscito.

– Che, si è *cacato* addosso?

– No. È…

– *Mo'* finisco il caffè e vengo. Un minuto.

Ci volle in realtà un po' piú di un minuto perché l'infermiere uscisse dallo sgabuzzino, tirandosi dietro un carrello con dei secchi, un Mocio Vileda e degli stracci che puzzavano di disinfettante.

– Che camera è?

– La venti.

– La venti. Ma allora è quel signore che hanno operato al fegato.

– Sí.

– Poveretto. Una tanto brava persona. Lei è il figlio?

– Sí. Perché?

– Cosí. Niente. Può aspettare qua fuori? Ci penso io.

– Grazie.

– Si figuri. E che sarà mai? Faccio in un momento.

Cosí Francesco rimase fuori, nel corridoio dipinto di verde, accanto all'albero di Natale con sotto le scatole vuote, che fingevano di essere regali. Tirò fuori di tasca il telefono. Una specie di riflesso condizionato. Una volta, in momenti come quello, uno trovava tempo per pensare. Adesso metteva mano al cellulare. Come se avesse paura di non aver niente da fare. Paura del silenzio.

– Pronto.

La voce della ragazza era come un filo di perle. Ogni parola, ogni risata, gli era preziosa, qualcosa da conservare.

– Dove sei? – gli chiese, e lui riusciva a immaginare il suo sorriso, il luccichio degli occhi.

– A Udine. In ospedale.

– Come mai?

– Mio papà.

– Sta male?

– No. Tutto bene. Una visita di controllo, – mentí. Era piú facile.

Non era da molto che uscivano insieme, a quel tempo. Si erano conosciuti sul lavoro.

«Chi è quella ragazza?» aveva chiesto al capo dello studio.

«Quale?»

«Quella seduta in fondo».

«È una nuova. Straniera. Viene dalla Cecoslovacchia».

«Non esiste piú, la Cecoslovacchia».

«Dalla Slovacchia, allora. Da Bratislava, va bene? L'abbiamo assunta con un contratto a termine. Non si ricorda? Ha firmato lei la lettera d'assunzione».

«Chi l'ha raccomandata?»

«Nessuno. È brava, e basta».

Brava e basta.

Era anche molto bella. Alta, bionda, un sorriso da bambina. I seni indecentemente alti e duri. Guardandoli, a Francesco era sembrato di accarezzarli. E in effetti, in qualche modo, lo fece. Li aveva accarezzati con gli occhi. Aveva provato una dolorosa sensazione al basso ventre.

Erano passate due settimane prima che lui la invitasse a prendere un caffè. Non era una cosa fuori dalle regole. Di tanto in tanto gli succedeva di portare a colazione, o a pranzo, dei colleghi. Anche delle colleghe, a volte. Ma erano sempre inviti collettivi. Stavolta era diverso. Era un inedito one to one, *oltretutto con una ragazza cosí giovane che avrebbe potuto essere sua figlia.*

«Di solito non lo faccio», le aveva subito detto.

«Cosa?»

«Invitare una ragazza a bere un caffè».

«Perché? Non ci vedo niente di strano».

Il suo accento straniero era intrigante come gli occhi color grigio acciaio, con dell'oro brunito intorno alle pupille. Argento antico e bronzo, aveva subito pensato Francesco: il colore delle antiche monete romane.

Le aveva sorriso. «Hai ragione. Come ti trovi, qui da noi?»

Lei aveva alzato le spalle. «Bene».

«Solo "bene"? Non mi dici "benissimo", o che è il posto migliore in cui hai lavorato?»

«Be'...»

«Be' cosa?»

«Ho lavorato in tanti posti».

«E quindi?»

«Nella media, direi. La paga è buona».

«Dove hai lavorato?»

«Germania, Austria».

«Niente lavoro, a Bratislava?»

«Niente lavoro».

«Cosa prendi? Da bere, voglio dire».

«Non so. L'invito era solo per un caffè o posso prendere anche qualcos'altro?»

«Quello che vuoi».

«Addirittura. Sei sicuro che te lo puoi permettere?»

Lui l'aveva studiata, chiedendosi se lo stesse prendendo in giro.

«Penso di potercela fare».

«Allora prendo una pasta. Quella lí con la crema».

«Non hai paura per la linea?»

«Sono golosa. Non posso farci niente. Comunque ho un buon metabolismo. L'ho preso da mia madre. Mangia come un lupo ed è magra cosí».

«Beata lei».

«Anche tu sei magro».

«Magari».

«Comunque questa pasta è fantastica. Provala».

«Ma no».

«Dài, mordi. Un morsetto. Ti fa schifo? Non sono malata».

Francesco aveva morso il cannolo.

«Buona?»

«Sí. Come ti chiami?»

«Jana».

«Come Iana Bimbi?»

«Con la "i" lunga. E poi io sono piú una cosa per grandi».

Francesco rispose in modo meccanico alla voce giovane che gli parlava all'orecchio. La voce che era in realtà un segnale digitale trasportato da onde elettromagnetiche attraverso l'aria, un pacchetto di dati, come lo chiamavano, qualcosa di magico che c'era e non c'era, e che poi per magia e per grazia della compagnia telefonica veniva quasi istantaneamente ricostruito dalla vibrazione di un diaframma a un millimetro dal suo orecchio destro.

Era come se non si ricordasse nemmeno che era stato lui a chiamare, a cercare la voce della ragazza.

Le parlò in modo automatico, cercando di star dietro a quello che lei gli diceva. In realtà non l'ascoltava nemmeno. Non aveva mai molto di interessante da dirgli, al telefono. Dal vivo era un'altra cosa, ovviamente. Ma a quello non aveva voglia di pensare. Non in quel momento. Non in quel posto.

Chiuse la conversazione nel modo piú rapido possibile. Gli scambi di tenerezze telefoniche l'avevano sempre infastidito.

Poi lí, in ospedale. Non era proprio il caso.

– Ti chiamo io, Jana, – promise, spegnendo il telefono senza lasciarle modo di replicare.

L'infermiere uscí dalla stanza, con un sorriso tirato.

– Tutto fatto, dottore.

– Grazie.

– Ma si figuri. Guardi che è mortificato. Non lo stia a sgridare.

Francesco tirò fuori di tasca il portafoglio. Lo aprí, facendone uscire un paio di biglietti da cinque.

– Ma che fa, dottore? Cosí mi mette in imbarazzo.

– Li tenga.

– Ma no, non posso, – si schermí l'infermiere. – Se ci vede qualcuno passo dei guai.

Ma poi chiuse la destra sulle due banconote, appallottolandole e infilandosele nella tasca del camice. Si allontanò camminando all'indietro, spingendo con la schiena il carrello con le scope e i detersivi.

– Grazie, allora, *dotto'*.

Francesco entrò. La stanza profumava di pulito. Sul pavimento si vedevano i segni umidi dello straccio. Suo padre stava seduto in poltrona, con un pigiama diverso e un paio di ciabatte dell'ospedale.

– Sei qui, – lo accolse, con gli occhi che gli luccicavano.

– Sí.

– Dove sei stato?

Suo padre sembrava tutto meno che mortificato.

– Qui fuori. L'infermiere mi ha detto di restare lí finché non finiva di pulire.

– Perché, tu saresti il tipo che fa quello che gli dicono?

– A volte. In questi posti, – rispose stancamente. Sovrappensiero. Era ancora pieno di livore verso lo zio, quel vecchio coglione saccente che sputava sull'oro.

– Cosa c'è? – gli domandò suo padre.

– Ma niente.

– Niente un corno. Qualcosa ci dev'essere. Sputa il rospo.

Francesco si tenne ostinatamente chiuso nel suo silenzio.

– È per il testamento, vero?

Suo figlio guardò fuori della finestra.

– Ti ho già dato molto. E non ti ho mai detto niente. Hai fatto quello che hai voluto della mia terra. Anche se sapevi che io non sarei stato d'accordo.

– Hai avuto la tua parte, di quello che ho preso.

– È tutto in banca. Non ho toccato una lira.

– Un *euro*.

– Quello che è. È tutto lí. Sarà tutto tuo quando… Be', magari piú presto di quanto tu pensi.

– Ma smettila. Non dire stupidaggini. Vivrai piú a lungo di me.

– Sí, dici? Non mi sembra. Non è quello che dicono.

Francesco guardò suo padre. Le occhiaie, la barba lunga di almeno tre giorni.

– Non ti fai la barba, – disse, e il tono era quasi di rimprovero.

– Come faccio?

– Gli infermieri non te la fanno?

Suo padre alzò le spalle.

Francesco guardò a lungo fuori della finestra. La stanza era a un piano molto alto. Anche sporgendosi non si vedeva la strada, che poi non era una strada vera e propria ma un percorso interno all'ospedale, con quattro panchine azzurre malconce e una serie di cartelli di lavori in corso. Dalla finestra si vedeva l'edificio a fianco, e sopra quello il cielo, di un pallido azzurro.

– Vuoi che te la faccia io? – sussurrò, senza sapere bene perché l'avesse detto.

Suo padre alzò verso di lui gli occhi liquidi, due pozze d'acqua stagna all'ombra di una montagna. Non rispose. Si limitò a sorridergli.

– Dove la tieni, la roba per farti la barba? – chiese Francesco.

– Prova a guardare nell'armadietto.

Francesco aprí l'anta del mobile, alto e stretto e con la porta che si chiudeva male. Dentro c'erano i vestiti con cui suo padre era entrato in ospedale, una borsa vuota in finta pelle, un vecchio *nécessaire* da viaggio. L'aprí. Dentro c'erano un paio di cerotti, un pacchetto aperto di fazzoletti di carta, un rasoio elettrico che aveva almeno vent'anni e un dopobarba di una marca mai sentita nominare. Sicuramente un prodotto da *hard discount*. Gli venne in mente – e provò una fitta di vergogna – che in bagno, a casa, aveva decine di dopobarba diversi, delle marche piú costose, e che Giulia di tanto in tanto buttava via quelli diventati vecchi.

Francesco tirò fuori dalla custodia il rasoio Philips, che odorava di ferro e di polvere. Cercò e trovò a fianco del letto la presa della corrente. Si avvicinò a suo padre col rasoio in mano, il braccio lungo il fianco, come se non sapesse bene cosa fare.

Suo padre chiuse gli occhi, chinando all'indietro la testa sullo schienale della poltrona.

Francesco appoggiò la sinistra sulla guancia del vecchio. Accese il rasoio. Come aveva immaginato, le lame troppo consumate servivano a ben poco. Dovette passare piú e piú volte sugli stessi punti per togliere via la peluria grigia, pungente come i calami spezzati di un campo di mais dopo il raccolto.

Tenere tra le dita la pelle flaccida di suo padre.

Tenderla con l'altra mano perché il rasoio potesse far presa.

Quei gesti non ne volevano sapere di diventare meccanici, per Francesco.

Sentiva l'umido formarsi all'angolo degli occhi. Lacrime che non riuscí a piangere e che restarono lí, a bruciarsi al fuoco di una rabbia rivolta a nessuno, o forse a tutto. Al mondo fuori delle finestre. A suo padre, a quel suo chiudere gli occhi mentre il figlio compiva quei gesti di un amore doloroso. Lasciandolo fare.

Fidandosi, quando non c'era motivo di farlo.

IV.

Polvere del domani

Col tempo tutto si sarebbe confuso.

I giorni, i sentimenti.

Persino i mesi e gli anni sarebbero diventati un grigiore indistinto, una confusione di memoria, di cose vere e false, destinata a perdersi in niente.

Polvere che soffi lontano, che fai scorrere via.

«La polvere del domani», diceva quel poeta canadese che Giulia gli aveva fatto leggere, una sera, ai tempi in cui si parlavano ancora come un uomo e una donna, raccontandosi di quello che stavano leggendo, di quello che sognavano.

Col tempo tutto sarebbe stato uguale: il bello e il brutto, il bene e il male.

Schiacciati sotto il tacco degli anni.

Ma non ora, non adesso, non mentre tagliava la barba a suo padre, e in quel gesto ritrovava, simmetrica e tagliente, la tenerezza con cui papà gli aveva insegnato, infiniti anni prima, quasi in un'altra epoca, a fare la stessa cosa. Quella stessa esitazione smarrita su un gesto troppo intimo, uno di quei momenti che a un uomo causano imbarazzo.

– Stringi troppo, – brontolò sottovoce il vecchio, a un certo punto.

– Come?

– La pelle.

– Stringo troppo?

– Sí.

Suo padre non disse nulla, per un po'. Poi aprí gli occhi.

– Tua madre non era capace. Si vede che hai preso da lei –. E poi aggiunse, con un sorriso a mezza bocca: – I terreni da me, e da lei...

Non finí la frase.

Francesco continuò a stringere fra l'indice e il pollice quella pelle grinzosa, cascante, una pelle da cane. La pelle di suo padre.

– Quando sei nato...

Il rasoio si sollevò. Continuò a ronzare, senza avvicinarsi al viso. Pareva anch'esso in ascolto.

– Tua madre si è arrabbiata. La culla non era pronta. Le avevo detto che l'avrei sistemata. Era la culla di tuo nonno. Dovevo riverniciarla, glielo avevo promesso. Ma poi l'avevo dimenticato. Cosí la prima notte hai dormito nel letto tra noi due. Cioè, *tu* hai dormito. Tu e tua mamma, forse. Io non ho chiuso occhio per la paura di schiacciarti.

Gli occhi acquosi contemplavano, attraverso la distanza degli anni, quel giorno di cinquant'anni prima. Un giorno azzurro d'estate, di cui Francesco aveva sentito raccontare, raramente, sua madre. Il tempo da cui venivano i vecchi libri di favole sfasciati, la sterlina d'oro di Re Giorgio, il bicchiere d'argento con la figura del Gatto con gli Stivali. Regali per «il principino», come lo chiamava suo padre.

Francesco passò la mano sulla gola del vecchio. C'era ancora qualche spuntone di barba, proprio sotto il mento.

– Stai buono. Lasciami finire.

Il vecchio chiuse di nuovo gli occhi.

Sospirò. – A tua madre ogni momento sembrava buono per dire che non me ne fregava niente di te. Come se non avessi avuto tante cose da fare. Ricordi...

– Cosa?

– Quando sei venuto a dirmi che avevi preso un bel voto in greco.

– E tu mi hai chiesto che scuola facevo. Ed ero ormai al quarto anno del liceo classico.

Suo padre sorrise. Per un attimo quel sorriso lo rese di nuovo giovane. Piú giovane di quanto suo figlio l'avesse mai visto.

– Ti accorgerai che non c'è sempre tempo per tutto.

Me ne sto già accorgendo, avrebbe voluto rispondergli Francesco.

– Io non ero fatto per occuparmi dei figli. Tutto qui. Non è questione di essere buoni o cattivi. È che non ero fatto per una roba del genere. Tua madre ha avuto il buon senso di accorgersene. Per questo sei figlio unico.

– Altrimenti cosa avresti fatto? Se ti fosse nato un altro figlio, voglio dire. Saresti scappato?

– Probabile. Non ci ho mai pensato, ma è probabile. Non siamo tutti buoni a far tutto. Io sono stato bravo a far soldi. A metterli via. E tu a spenderli. Guarda tua moglie, i tuoi figli. Hai una bella casa, una bella macchina. Ti sei fatto anche l'amante?

– Papà...

– Non dire niente. Trattami con un po' di rispetto. Bisogna essere ciechi, per non accorgersene.

Francesco non rispose.

Quando ebbe finito di raderlo in silenzio, passò sulle guance di suo padre il dopobarba economico, che prevedibilmente sapeva di pino silvestre. Un odore che inconsciamente associava da sempre a suo padre.

Rimise il profumo nel *nécessaire*. Poi andò in bagno. Lí tolse la testina del rasoio, battendola sul bordo del lavandino. Ne uscí fuori una cascatella di peli corti, bianchi e grigi, molti piú di quanti potesse averne prodotti una sola rasatura. Francesco rimase a guardarli come se nella loro disposizione fosse possibile trovare un significato, un messaggio. Ricordò una cosa che gli aveva detto zio Tarciso, sul fatto che nell'antica Roma il taglio della prima barba era una cerimonia sacra.

Avvicinò la testina al naso. L'odore di ferro e polvere era quello della barba di suo padre. Lo annusò a lungo. Era un odore dimenticato, e presto sarebbe stato un odore perduto.

Poi lentamente aprí il rubinetto dell'acqua calda. Con la mano guidò l'acqua sui peli, facendoli scorrere verso lo scarico, finché il lavabo fu del tutto pulito.

Quando uscí dal bagno, suo padre gli ripeté la domanda. E poi aggiunse: – È giovane?

Francesco non rispose.

– E anche bella, immagino. A te piacciono, le cose belle. Almeno questo va detto.

– È una brava ragazza.

– Lo sa che sei sposato?

– Sí.

– Allora non è una brava ragazza. E tu?

– Io cosa?

– Sei un bravo ragazzo, tu?

– Che domande.

– Rispondi.

– Ma sí.

– Sei un bravo ragazzo...

– Sí.

Il vecchio fece un gesto brusco, sgarbato.

– Guarda cos'hai fatto delle nostre terre.

– Che c'entra questo?

– Sai quanto ci abbiamo messo, a metterle insieme?

Era il lavoro di tre generazioni. Il mio, quello di tuo nonno, e quello di suo padre prima di lui. E non finisce lí. La *Vigna Lungja*, quella l'ha comprata il nonno *del nonno di tuo nonno*, ai tempi di Napoleone.

– Me l'hai già raccontato un sacco di volte.

– Non abbastanza. Sai cosa fece, il nonno del nonno di tuo nonno, quando i soldati di Napoleone, i Dragoni dell'imperatore, lo volevano costringere a trasportarli sul suo carro?

– Anche questo me l'hai raccontato un sacco di volte.

– Li minacciò con la roncola. Con la roncola, capito? Minacciò con la roncola dei soldati con spada e fucile. Capisci che razza di uomo era?

– Un attaccabrighe. Io se fossi stato in quei soldati gli avrei sparato.

Suo padre fece una smorfia.

Poi, lentamente, sorrise.

– Anch'io, – ammise. – Siamo una razza di rompicoglioni, mi sa. Razza che comunque si estingue con me e tuo zio. Fine, amen. Tu hai preso da tua madre. Sempre convinta che le cose si sistemano. Che il, come lo chiamava, il *compromesso* risolve sempre tutto. Il *compromesso*! La *tolleranza*! Che gran belle parole. Che belle parole del cazzo.

– A mamma volevano tutti bene, però.

– E anche a te. Siete belli, siete gentili. Siete cosí *civili*. Poi però vi tradite. Vi vendete. Fate cose di merda. Però sempre con gentilezza. Con *civiltà*. E però non capite mai chi vi vuole bene. Non ne avete mai avuto idea, di chi vi vuole bene…

Francesco appoggiò il rasoio elettrico sul comodino, accanto alla bottiglia d'acqua minerale, al bicchiere vuoto, agli occhiali appannati del vecchio. A un fazzoletto di carta stropicciato.

– Se ti lascio quella terra… Se ti lascio la grava vecchia… La *Grava dal Cont*…

Francesco lo guardò, fingendosi indifferente.

– Prometti che non la rovinerai? Che non la venderai?

Francesco fece un cenno d'assenso con la testa.

– Voglio sentirtelo dire con la tua voce.

– Non la venderò.

– E lascerai che tuo zio ci viva finché… Hai capito, insomma. Lascerai che tuo zio ci viva. Fino alla fine dei suoi giorni. Dopo sarà tua, – sospirò, – e potrai farci quello che vorrai.

– Va bene.

– Non basta dire «va bene». Devi giurarlo.

– Va bene. Te lo giuro.

Suo padre chiuse gli occhi. Fece un cenno di fastidio con la mano, come se scacciasse una mosca.

– Prepara una carta, che te la firmo.

Francesco si tolse di tasca il Moleskine. Ne strappò un foglio. Lo strappo venne fuori netto, regolare. Porse a suo padre un giornale, ci appoggiò il foglio. Gli infilò tra le dita la stilografica Montblanc.

– Cosa devo scrivere? – chiese il vecchio.

Francesco gli dettò le parole. Gli ricordò di mettere la data, e l'ora. La frase «nel pieno possesso delle mie facoltà mentali».

Quand'ebbe finito, suo padre gli restituí il foglio, sul quale le parole sembravano insetti bluastri in fuga fra le righe.

– Grazie, – fece Francesco, intascando il foglio.

– Ricordati di tuo zio. L'hai promesso.

– Adesso devo andare.

– Quando mi porti i tuoi figli? Non è che avrò tanto tempo da restare qui.

Francesco era sicuro di ricordare che suo padre gli aveva detto che non voleva vederli in quell'ospedale, i suoi nipoti. Ma non aveva voglia di correggerlo. Aveva la testa altrove.

– Te li porto quando torni a casa.

A casa suo padre non c'era mai piú tornato. Tranne che per la gita a Venezia, quella follia architettata da Tarciso, non era piú uscito dall'ospedale. Era morto lí, in quella stanza con la finestra che dava su un padiglione vuoto, vecchio e lugubre come uno dei casermoni siberiani che Francesco aveva visto durante un viaggio di lavoro a Vladivostok, l'anno prima.

Vladivostok, Aberdeen.

Vancouver.

Posti piovosi, grigi. Il suo lavoro di architetto industriale lo portava sempre in città del cazzo, in qualche landa desolata in attesa di altri orrori utilitaristici, fabbriche o grattacieli come cancri su un corpo già malato.

Mai un bel porto tropicale.

Mai l'isola greca di cui un tempo, nell'era felice Prima dei Gemelli, aveva fantasticato con sua moglie, dopo averla vista in sogno, una notte: la casa dai muri spessi e bianchi, il salone sul cui pavimento c'era un mosaico con la testa di Medusa.

L'isola era tornata nel luogo a cui apparteneva, cioè nel mondo dei sogni e della memoria.

Lo stesso mondo che ora accoglieva suo padre.

Francesco sarebbe stato molto meno sereno, lasciando l'ospedale, se avesse saputo che suo padre, non appena lui era uscito, aveva chiamato l'infermiere, quello stronzo scopino terrone, e si era fatto aiutare a scrivere un altro testamento, che annullava quello appena fatto. Quello che suo figlio si portava a casa, ancora umido d'inchiostro, toccandolo di tanto in tanto come se fosse una poesia d'amore.

Lo aveva riscritto tale e quale, tranne che per qualche dettaglio.

> Contrariamente a quanto disposto in precedenza a favore di mio figlio Francesco, con altri atti che col presente annullo, lascio in eredità la terra denominata «Grava Vecchia», o «Grava dal Cont», a mio fratello Tarcisio Salvador...

Questo, almeno, era quello che gli aveva letto al telefono suo zio.

Quel vecchio stupido, cattivo.

Quanta boria nella sua voce, mentre a ogni parola piantava un chiodo nella bara del nipote.

E anche la frase che aveva letto dopo, quella infilata in fondo al testamento, pronunciata da lui sembrava una presa per il culo.

> A Francesco, mio figlio, chiedo di comprendermi e di scusarmi per questa mia decisione, presa in un momento in cui sento forte il bisogno di farmi guidare piú dalla coscienza che dall'amore che gli porto.

Francesco si passò la mano sui due tagli. Se la portò davanti agli occhi.

Non sanguinavano piú.

Benissimo. E allora perché gli bruciavano ancora?

– A cosa stai pensando?

La voce di sua moglie, la mano di lei sulla spalla lo scossero, strappandolo dal corso dei suoi pensieri.

– Cos'hai? Sei strano.

Lui guardò la luce. Guardò gli occhiali scuri di Giulia, dietro ai quali immaginò i suoi occhi preoccupati.

– Ma niente. Sto bene. Non penso a niente.

– Avrai fame, – suggerí lei, e Francesco si affrettò a confermare, grato a sua moglie per quella scusa che gli offriva.

– Sí. Dev'essere questo.

– Non manca molto.

Il motoscafo costeggiava ormai da dieci minuti un'isola dalle sponde basse, diretto verso un pontile di legno oltre il quale si scorgeva una lunga rete metallica.

Matteo e Beatrice si erano spostati sull'altro lato della barca, i nasi schiacciati contro il finestrino. Guardavano la scia del motoscafo, e il modo in cui le due barche che seguivano sobbalzavano tagliando l'onda prodotta da quella su cui si trovavano loro.

Francesco prese la mano di sua moglie tra le sue. Le loro teste si avvicinarono, si toccarono. La fronte di Giulia era fresca, mentre quella di suo marito era tutta imperlata di sudore. Lei gli passò la mano tra i capelli corti, lasciandola lí. Come se volesse tenerlo stretto a sé. Poi l'attimo passò, e la mano tornò al suo posto, sulla cornice di legno del finestrino.

– Ti ricordi che siamo già venuti qui? – le chiese, sapendo già la risposta.

– Sí.

– Avresti mai pensato...?

Lei scosse la testa. – No. Mai.

– E invece è andata cosí.

Giulia non era stata sempre sua. Quando l'aveva conosciuta stava con un altro. Un regista di cortometraggi, un bell'uomo convinto di essere un genio della cinepresa. Era stato lui – un amico di amici – a invitare Francesco alla prima di un suo film sul Kosovo, alla Mostra del Cinema. Era andato apposta a prenderlo al Tronchetto con una lancia privata, per portarlo al Lido.

Francesco ricordava il momento in cui il regista gli aveva presentato Giulia.

«La mia compagna», aveva detto, aiutandolo a scendere sul ponte della barca.

Lei non gli aveva teso la mano. Si era limitata a un cenno di saluto.

Giulia aveva un taglio diverso di capelli, allora. Un taglio che non le rendeva giustizia. Ma era cosí giovane. Poteva benissimo fare a meno di valorizzarsi. A gridare quanto era bella bastavano gli occhi vivaci, il sorriso ironico, le gambe lunghe e snelle. A Francesco aveva ricordato immediatamente una gazzella. Aveva pensato che se fosse stato al posto del regista non avrebbe filmato altro che lei. A un certo punto i loro sguardi si erano incrociati, e lei l'aveva tenuto fisso nel suo, studiandolo, prima di voltarsi a rispondere a una battuta del suo compagno.

Il pilota della lancia aveva accelerato. L'acqua della laguna intorno a loro era color grigio acciaio. Nuvole gonfie, minacciose, riempivano tre quarti del cielo. L'altro quarto era incredibilmente azzurro. Saettando sul pelo delle onde la lancia entrava e usciva attraverso tratti d'acqua trasformati dal sole in laghi d'oro, per poi passare subito nell'ombra, in un continuo alternarsi di buio e luce, calore e freddo.

Il regista ridendo aveva fotografato l'acqua e le nuvole, con una macchina costosissima. Una delle prime reflex digitali che Francesco avesse mai visto. Aveva fotografato anche loro due, quella che era ancora la sua donna e Francesco, seduti nel pozzetto di poppa.

Piú tardi, nel buio della sala, con la voce del regista che rimbombava dagli altoparlanti dello schermo, Francesco aveva alzato la testa, incontrando lo sguardo di lei. Nell'ombra gli occhi della ragazza sembravano ancora piú vivi. Aveva sentito la mano di lei posarsi sulla sua. L'aveva stretta, con lo stesso gesto che gli era tornato vivo ora, tanti anni dopo, nell'ultimo giorno felice della sua vita. Un gesto che aveva cercato di ripetere, ma da cui lei si era ritratta.

– Forse vedremo gli aironi, – annunciò Deodati, armato di un binocolo Swarovski da mille euro, che ogni tanto puntava sulla riva. Sua moglie, una giraffa imbalsamata che era andata a scuola con Gino Paoli e ogni occasione era buona per raccontartelo, drizzò il lungo collo da uccello puntando gli occhi sporgenti verso un canneto.

– Carlo, guarda, – strillò. – Cos'è quello?

Seguendo il suo dito puntato si voltarono tutti a guardare qualcosa di grosso e nero, seminascosto fra i rami di un albero, probabilmente un pioppo. Francesco non aveva la benché minima conoscenza di botanica, né amava gli alberi, o, a ben vedere, alcuna creatura vivente, con una sola eccezione, al momento distante.

E la famiglia, ovviamente.

Ma la famiglia è tutto un altro discorso.

Nell'*hic et nunc* lagunare, su quella barca di idioti, le sue risorse di empatia erano praticamente azzerate.

Alzò comunque la testa, come tutti. L'istinto gregario prevalse.

Fra i rami dell'albero che poteva anche essere un pioppo batteva le ali un immenso uccello nero, come una specie di pipistrello preistorico uscito da un film di Godzilla.

Tutti rimasero a guardarlo a bocca aperta.

Finché un colpo di vento appiattí l'uccello e lo tramutò in quello che era: un sacco della spazzatura impigliato fra i rami, trasformato dal vento in una finta creatura preistorica.

Deodati si batté la mano sulla coscia da pachiderma.

– *Ben, brava, Rosi. Te gà avistà un osèl proprio raro.* Un airone nero napoletano!

L'avvocato Esposito mandò giú il larvato insulto con la nonchalance richiesta dallo status sociale del cavaliere.

Si voltò verso il mare aperto, o meglio verso il lato in cui la laguna era meno chiusa.

Gli altri si concentrarono a seguire le manovre di accostamento all'approdo, con un'attenzione esagerata.

Ci sarebbe voluta la musica giusta per quel momento, pensò Francesco. Che musica poteva andare? Sfogliò a mente i brani del suo iPod, quello che la ragazza gli aveva caricato. Trovò un brano strumentale degli Stars, *The Beginning after the End*. Ascoltò dentro di sé le battute di basso, la ritmica potente delle percussioni che accompagnava il rombo del motore in retromarcia, lo sciabordio dell'acqua, il tonfo dei parabordi contro l'imbarcadero. Sulla baracca di legno del pontile c'era la scritta TORCELLO.

Finalmente la comitiva sbarcò sull'isola, l'allegria dell'arrivo mista ai fumi di carburante, al rombo dei motori imballati degli altri motoscafi che aspettavano il loro turno per attraccare. Uno per uno i passeggeri tesero le mani al marinaio che li attendeva alla fine della passerella, un gesto che li faceva tornare bambini. Bambini in gita.

The Beginning after the End.

L'inizio dopo la fine.

Presto tutto sarebbe finito, e tutto sarebbe iniziato di nuovo. Ogni problema risolto. Ancora non sapeva come, ma era certo che sarebbe andata cosí.

Sorrise, guardando la sua bella moglie e i gemelli tornati allegri e vivaci, e la polvere che imbiancava le foglie degli alberi e l'erba africana dietro la recinzione. Una rete che poteva benissimo essere stata messa lí per tenere a bada i coccodrilli, o i leoni. Le immagini della savana gli vennero alla mente automaticamente, per un riflesso inspiegabile. Non era mai stato in Africa, a parte Sharm el-Sheikh, e quella non era nemmeno sicuro che si potesse chiamare Africa.

Nessuno costruisce fabbriche, da quelle parti. Non fabbriche che richiedano un architetto, perlomeno. Piattaforme petrolifere, raffinerie, quelle sí, magari. Ma le costruivano i cinesi. Geometri, probabilmente, non certo architetti. E comunque quel genere di costruzioni era fuori del campo delle sue competenze. Non avrebbe saputo da che parte cominciare. Come in realtà non aveva idea su come rimettere ordine nella sua vita, in un momento in cui le cose gli scappavano tra le dita come anguille. O serpi. Serpi, sí. *Chissà quante ce ne sono, nascoste in quell'erba*, pensò, tenendosi bene al centro della stradina sterrata che costeggiava la recinzione e tirando per la collottola i figli, tranquillizzandoli con le solite promesse: che sarebbero presto arrivati. *Tenete duro, per la pipí. Sí, ci saranno le patatine, certo.*

Il cellulare squillò le prime battute di *This Charming Man*. La comitiva si bloccò ad ascoltare, tirando l'orecchio. Francesco sentí le guance arrossarsi. Guardò il numero sul display. Si allontanò dal gruppo, che continuò a camminare lungo il sentiero, verso l'ombra degli alberi che costeggiavano un canale. Francesco restò indietro, mentre la voce di un uomo continuava a uscire dal telefono, poco piú di un ronzio fastidioso, ripetitivo.

Francesco si portò il cellulare all'orecchio.

Pronto? Che c'è?

No, ve l'ho detto.

In che senso?

No che non è...

No.

Non è un problema mio.

Si accorse che Giulia lo stava guardando.

Si era fermata, in fondo alla fila, e lo fissava, in attesa di qualcosa.

Lui le fece segno di andare avanti, indicò il cellulare. Lei si voltò. Allungò il passo per raggiungere il gruppo, lungo il sentiero di mattoni rossi che si addentrava nella boscaglia.

La voce al telefono era quella del Polacco. Francesco lo chiamava cosí, anche se Dio solo sa da che parte del mondo era quell'uomo dalle manine piccole, col sorriso stretto come il culo di un bambino e la pelle bianca, quasi diafana. Gli occhi color azzurro acqua – *occhi da husky*, li avrebbe definiti Giulia, se l'avesse incontrato – avevano un modo obliquo di guardarti, come se stesse scrutando un altro alle tue spalle.

Ricordò la prima volta che si erano visti, lui e il Polacco.

Gli avevano dato l'indirizzo di un bar di periferia, e questo già era strano, considerato che i suoi «soci» – cosí li chiamava Francesco dentro di sé, tentando di ingannare anche se stesso – di solito gli davano appuntamento in qualche bar storico della Milano da bere, in centro, dove lo spettacolo delle modelle appollaiate sugli sgabelli davanti al bancone valeva da solo il costo delle consumazioni. Comunque pagavano sempre loro. Spesso anche qualcosa di piú di un semplice giro di drink.

Stavolta invece, sceso dall'Eurostar, Francesco aveva dovuto mettersi in fila per il taxi, e farsi portare in un posto di periferia che aveva fatto mugugnare l'autista, quando gliel'aveva detto.

– Sicuro che deve andare lí?

– Sí.

L'altro si chiuse in un silenzio che pesava piú di mille parole. La Fiat Croma si infilò in una serie di strade sempre piú anonime, fino a sbucare in una piazza, se cosí si poteva chiamare, circondata da stabili fatiscenti, casermoni di edilizia popolare dell'era democristiana. Una foresta di panni stesi e antenne satellitari ingombrava i terrazzini, per decine di piani in altezza. L'inferno in terra, per un architetto come Francesco, i cui rari interventi sul panorama urbano erano leggeri come un acquerello, teneri come una foglia verde. Tutti i suoi studi, tutte le sue idee e i suoi, ma sí, i suoi *ideali*, naufragavano in quel mare di cemento armato, in quel grigio insensato e dominatore che vestiva le case e le macchine e le persone.

Venga il diluvio, pensò, *venga e anneghi ogni cosa, ogni uomo, ogni donna, ogni bambino di questo mondo idiota*.

Era primavera ma sembrava inverno. Un inverno di bruttezza.

– Siamo arrivati, – disse brusco l'autista, accostando al marciapiede davanti a uno squallido bar, che sembrava uscito da un portale spazio-temporale sintonizzato sugli anni Settanta. *Sulla parte piú brutta* degli anni Settanta.

– Tenga il resto.

– Vuole la ricevuta?

– No, grazie.

Quel viaggio non doveva risultare da nessuna parte.

Quel viaggio non esisteva.

Aveva pagato il biglietto in contanti. Per l'ufficio, lui era in ferie. Niente scontrini da detrarre sulla denuncia dei redditi. Niente ricevute.

– Ce l'ha, il numero del radiotaxi? Guardi che qui non ne trova, per tornare. In caso vede, è scritto qui. Le lascio il biglietto.

Francesco ringraziò il tassista. Appena sceso, l'auto bianca ripartí come se avesse gli indiani alle calcagna.

Fuori del bar c'erano tre tavolini rotondi di metallo, legati insieme con un filo metallico. Niente sedie. Una campanella suonava quando qualcuno apriva la porta. Era un locale largo, spoglio, in penombra. Oltre la porta con tenda a perline, si intravedeva l'ingombro di un vecchio biliardo. Sulla sinistra c'era un bancone anonimo. Dietro di quello, una scaffalatura enorme sulla quale le poche bottiglie di marche infime sembravano i bersagli del tirassegno. A Francesco ricordava il bar di un albergo vicino all'aeroporto di Sarajevo, prima dell'assedio.

L'uomo dietro al bancone avrebbe potuto essere un ex parà della Legione Straniera. Un uomo brutto la metà sarebbe stato già duro da guardare.

Da un tavolo d'angolo sulla destra, Remo salutò Francesco alzando il braccio. Stava seduto in mezzo a due sconosciuti dall'aria inquietante. Compagni d'armi del barista legionario, per cosí dire.

Come ho fatto a mescolarmi con questa gente?, si chiese Francesco. E non era certo la prima volta che se lo domandava. *Come ho fatto a mettermi in società con personaggi del genere?*

Non si chiedeva mai *perché*. Il perché lo sapeva. *I soldi*. Sempre i soldi. *Faust si dannava l'anima per la vita eterna, io per la Mercedes e l'attico, e per cercare di riempire i buchi nel mio conto corrente. Per tenere fuori dalla mia vita i fallimenti, le ipoteche, e tutti gli orrori che può mettermi alle calcagna quello stronzo di un direttore di banca.*

C'era una sedia libera, davanti ai tre.

Remo la indicò, sorridendo. Perfino il suo sorriso sembrava fuori posto in quel postaccio di periferia. Francesco era abituato a vederlo splendere alle luci abbaglianti del centro, nel riflesso della bellezza della gioventú sfrontata, nel frusciare degli euro e dei dollari che passavano di mano in mano, nel chiacchiericcio vibrante dei cellulari e dei BlackBerry che inviavano e ricevevano messaggi di lavoro o di desiderio. Mai di libertà. Da un momento all'altro avrebbero potuto trasmettere un segnale assordante, il Messaggio dell'Apocalisse, che li avrebbe trasformati in zombie sbavanti, come in quel libro di Stephen King. Morti viventi pronti a sciamare come uccelli sulla carogna della città morta, sulle rovine di Milano.

Ma intanto: passami il sushi.

Prova questo Château Pétrus.

Faccio io.

Ho la mia Visa Platinum nuova da collaudare.

Che vuoi che sia…

– Accomodati, – disse Remo.

Come se ci fossero alternative.

– È da un bel po' che non ci vediamo.

Francesco annuí. Si sedette, controvoglia, su quella seggiola brutta e scomoda. I due sconosciuti al fianco di Remo sorridevano dietro gli occhiali scuri. Si poteva presumere che sorridessero, dato che le bocche avevano gli angoli piegati all'insú. Certo, uno avrebbe dovuto controllare cosa facevano quegli occhi. Magari ti prendevano di mira.

– Come sta la famiglia?

– Bene.

– E il lavoro?

– Bene. Scusa, Remo, ma perché mi hai chiamato? Perché ci vediamo in questo posto?

– Adesso ne parliamo. C'è tempo. E qui possiamo parlare tranquilli. Cosa prendi?

– Niente.

– Come, *niente*? Guarda che cosí mi offendi.

– Va bene. Un caffè, se insisti.

Remo alzò la mano, schioccando pollice e medio in direzione del barista.

– Facci un altro giro di caffè, Carmine. Uno anche per il nostro amico qui. E portami un bicchiere d'acqua, che devo prendere la mia pastiglia.

– Acqua come?

– Minerale. Liscia. Non metterci quella del rubinetto, guarda che me ne accorgo.

Poi Remo si sporse verso Francesco, sussurrandogli all'orecchio: – È un vecchio amico. Non è male se lo conosci, ma come barista è un disastro.

– E allora perché ci vediamo qui?

– Perché Nobu è chiuso. Uno squalo che stavano affettando vivo si è mangiato il cuoco.

I due ai suoi lati si misero a ridacchiare.

La faccia di Remo, invece, si fece di colpo seria.

– Davvero il lavoro va bene? Te lo chiedo da amico. Perché quello che si sente in giro è un po' diverso. Si sente dire che qualche problema ce l'hai.

– Assolutamente no. Nessun problema.

– Se non ne vuoi parlare, padrone di non farlo. Ma ai nostri comuni amici sta molto a cuore la tua situazione. Vogliamo che tu stia bene. Che tu sia felice. Tu e la tua bella famigliola.

– Lascia stare la mia famiglia.

– *Uè*, come siamo nervosi, oggi.

– Non sono nervoso. Cosa volevi dirmi?

– Niente. Volevo vederti. E già che ci sono volevo presentarti questi due amici che non conosci.

Francesco evitò di fare commenti su quella parola, «amici». Del resto, come presentazione, risultò decisamente anomala. I due non dissero mai i loro nomi, né Remo li precisò.

– Tuo zio come sta? – disse invece.

– Che c'entra mio zio?

– No, niente. È che stavo pensando. Sai, quello che mi dicevi. Certo che dev'essere un tipo strano.

– Cosa c'entra mio zio? – ripeté Francesco.

– Cosa c'entra? Niente, appunto, – sorrise Remo. – Non c'entra niente. Pura curiosità. Fa ancora quelle cose strane, quelle, come si chiamano...?

Francesco scrutò i volti dei due sconosciuti, i due estranei con gli occhiali scuri. Non davano segno di aver capito una parola, eppure era certo che avevano seguito ogni minuscolo dettaglio del discorso. Che sapevano tutto. Che erano consci di ogni cosa. Che erano destinati ad avere un ruolo nella sua vita. Un *brutto* ruolo. Che doveva aspettarsi di tutto. La felicità non ha mai fondamenta stabili. Ammesso che quello che aveva si potesse chiamare felicità.

– Miniature, – sospirò.

– *Miniature*. Bravo. Proprio quelle.

– Sí, le fa ancora.

– Ecco, ma dimmi tu se è una cosa normale. Senza offesa, eh.

– No.

– Ecco. Lo dici anche tu. Non è una cosa normale. Quanti anni ha, tuo zio?

– Non lo so. Non ricordo.

– Non lo sai? Te lo dico io. Ha due anni meno di tuo padre. Va per gli ottanta. Non è sposato. Non ha nessuno intorno, non se ne fa un cazzo della sua vita. Mi dici a cosa gli serve, tutta quella terra?

– Mio padre voleva che andasse a lui.

– Eh, tuo padre! Tuo padre... Guarda che è come se lo conoscessi. Come se sapessi com'era, il tuo vecchio. Era uno che capiva il valore delle cose. *Tuo zio*... Diciamo che tuo zio non è proprio un'aquila. Che l'intelligenza se la sono divisa, ma non hanno fatto le parti giuste.

– Cosa c'entra, mio zio? – ripeté Francesco.

– Ah, di nuovo... *Cosa c'entra mio zio*... Ma ci fai o ci sei? Ma non hai capito di cosa stiamo parlando?

No, avrebbe voluto rispondergli Francesco. Ma non poteva. Si limitò a star zitto, ad ascoltare il veleno che usciva dalla bocca di quell'uomo che un tempo aveva chiamato amico. Ricordò il modo in cui aveva tirato per i capelli la cubista ucraina. Con violenza. Ridendo.

«E prendilo in bocca, no? Che cazzo guardi? Che cazzo hai da guardare?»

Ma era proprio un cazzo che quella ragazzina bionda guardava con gli occhi sgranati, nel buio del privé del Wham Wham. Guardava il cazzo duro e teso di Francesco e il mucchietto di banconote buttate sul tavolino, in mezzo ai bicchieri.

«E prendiglielo in bocca, e che sarà mai!»

E lei l'aveva preso, e Francesco, nonostante tutte le sue riserve da uomo che votava a sinistra e faceva la comunione almeno una volta all'anno, Francesco aveva chiuso gli occhi e si era lasciato andare. Era venuto in quell'oscurità senza nome, in quella bocca giovane che un nome ce l'aveva, e anche una madre.

Non si dovrebbe mangiare niente che abbia avuto una madre, gli venne in mente, gli venne a galla da chissà dove, da chissà quando. Forse da un tempo in cui lui era ancora lui. In cui lui era ancora qualcuno.

Chissà dove l'aveva letta, una banalità del genere.

C'era differenza, tra quello che aveva fatto con la ragazza ucraina e quello che faceva con Jana?

Cosa faceva la differenza?

– Quei terreni ci servono, – tagliò corto Remo, sfiorandogli il braccio con la mano.

Quel breve tocco spaventò Francesco piú di una minaccia.

Le guardie del corpo, o quello che erano, non cambiarono espressione.

Ma che cazzo te ne fai, di 'sti due?, avrebbe voluto chiedergli Francesco, guardando i sogghigni privi d'intelligenza dei due gorilla ai lati di Remo. Come il ladrone buono e il ladrone cattivo, solo che questi sembravano tutti e due pessimi, e Remo del crocifisso aveva solo la posa, quando aprendo le braccia annunciò: – Ci devi venire incontro.

Era la stessa cosa che gli aveva detto la prima volta che Francesco si era lasciato incantare da lui.

«Ingegnere, e che sarà mai? Lei ci deve venire incontro».

«Non si può».

«Ma perché no?»

«Perché ho visto il progetto. La fornace non raggiungerà mai la temperatura necessaria. Bruciando quelle vernici produrrete una nuvola di veleno».

Remo aveva scosso la testa. Sbuffato.

«Hiii, una nuvola...»

«Sí. Una nuvola. Produrrete diossina. È già successo. Si ricorda Seveso?»

«Una mia amica è nata a Seveso. È perfettamente normale. Non ha due teste, non ha le antenne. Anzi, è una fica con la effe maiuscola».

«I danni all'ambiente...»

Remo aveva fatto un gesto con la mano. Come un taglio, deciso, orizzontale. Piccolo com'era, col riporto sulla pelata, con quel gesto sembrò Napoleone.

«E che sarà mai? Un impianto cosí piccolo... Ha visto cosa hanno fatto i cinesi? Quella nuvola immensa che viaggia per tutta l'Asia? Si sono fatti scrupolo, i cinesi? Eh? E allora perché dovremmo farcene noi?»

«Che cosa c'entra questo?»

«Per lei ci sono trentamila euro. Puliti, tutti belli in contanti. Tutti per lei».

A quel tempo gli dava ancora del lei. Fingeva ancora un rispetto che molto probabilmente già allora non provava.

«Trentamila euro? Per cosa?»

Remo aveva alzato le mani e se le era portate sugli occhi, coprendoli.

Aveva ridacchiato, senza rumore.

Le labbra si muovevano, ma senza emettere suoni.

Rideva in silenzio.

In quel momento, Francesco avrebbe potuto ancora dire di sí o di no.

Ma quella, anche se allora non poteva saperlo, era stata l'ultima volta in cui aveva avuto libertà di scelta.

– Quei terreni ci servono, – ripeté Remo. – Vedi di farceli avere, in qualche modo. Ne va della nostra amicizia.

E buttando un pugno di banconote sul tavolo per pagare il conto – lo stesso gesto che aveva fatto per pagare la cubista ucraina – si alzò, imitato dai suoi due guardaspalle.

L'incontro era finito.

Due giorni dopo, Francesco era andato a trovare lo zio.

Non c'era nemmeno bisogno di una scusa. Dopo la morte del fratello, Tarciso sembrava essersi affezionato al nipote. Non per autentica simpatia, ma per un bisogno di sostituzione.

Lo accolse in quello che chiamava «il suo studio», un ambiente che ricordava uno *scriptorium* medievale. Al centro della brutta stanza bassa, un ex ripostiglio degli attrezzi, c'era un leggio che poteva benissimo essere stato rubato da una chiesa, un poderoso affare di legno scuro odoroso d'incenso, alto un metro e mezzo. Sopra, aperti, c'erano due libri. Uno enorme, con la copertina di cuoio e le pagine spesse, l'altro molto piú piccolo e dimesso.

Un ricco e un povero, alla stessa mensa.

A fianco del leggio, uno sgabello sul quale erano appoggiati attrezzi da disegno e una tavolozza da pittore.

Francesco si chinò per passare sotto la bassa soglia dell'ingresso.

– Ciao, zio.

– Ciao.

– Ho visto che era aperto. Ti ho chiamato, ma non rispondevi.

– *I stàvi lavorànt.* Stavo lavorando. Dài, vieni. Non startene lí sulla porta.

– Dove l'hai preso, quel leggio? Non dirmi che anche quello l'hai *trovato*.

– Sicuro. *Come sta-tu?*

– Bene. E tu?

– Mi manca tuo padre. È curioso. Quando era vivo non sentivo mai la sua mancanza. Potevo stare delle settimane senza chiedermi neanche come stava. Adesso, invece...

– Papà diceva lo stesso di mia madre.

– Sí. Ah, sí. Dipende, immagino, dal fatto che io sono un albero sterile. Come quegli alberi nella Bibbia. Quelli che non danno frutto, e che vengono gettati nel fuoco. Anche tuo padre era quel tipo lí, in fondo, anche se un erede alla fine l'ha avuto. Il suo *principino*... Cosa dici? E anche tu te li sei fatti, i tuoi eredi. Come stanno, di'?

– Bene. Cos'è che stai facendo? – chiese Francesco, avvicinandosi al leggio con i due libri aperti.

– Questo? Ah, *questo*? È una cosa che faccio. Un, come dire, un *esperimento*.

– Posso vedere?

Il vecchio non disse di no.

Francesco esaminò i disegni sul foglio, sulla prima pagina del volume piú grosso, che in realtà era un quaderno di fogli rilegati artigianalmente, di carta grossa, che dai bordi irregolari sembrava fatta a mano.

– Cos'è?

– È un libro.

– Sí, ma scusami...

– Quelle lí sono delle *miniature*. Lo sai cos'è, una miniatura...

– Sí che lo so. Ma...

Francesco si avvicinò alla pagina miniata.

Ammirò la cura con cui la lettera «A» era stata costruita, con fregi multicolori che disegnavano una foresta fitta di simboli araldici e figure esoteriche, tra le quali si intravedevano unicorni e leoni, vergini alate e insetti che sembravano invece usciti da un libro di Kafka.

– Bello, – esalò, per mancanza di parole piú adatte.

– Puoi dire quello che vuoi, anche che è un capolavoro, tanto la *Grava dal Cont* è mia, cosa credi? Lo so che sei venuto a parlarmi di quello. Non mi freghi mica. Niente da fare, te lo dico subito. Tuo padre l'ha lasciata a me. Carta canta.

Per un attimo Francesco dimenticò davvero la terra, il testamento e tutte le altre cose per cui era andato lí. Per un attimo tornò bambino.

– No, ma è *davvero* bello. Cos'è?

Suo zio lo guardò con un'intensità che solitamente non gli apparteneva. Che Francesco associava piuttosto a suo padre. D'altra parte i due erano i risultati di uno stesso patrimonio genetico. Non era certo strano che in certi momenti si assomigliassero.

– È una *miniatura*.

– Questo lo vedo. Me l'hai già detto. Ma cosa c'è scritto?

– Non sai leggere?

Sbuffando infastidito, Tarciso lesse: – *Arabella contemplò l'abisso in cui il suo gesto impulsivo l'aveva gettata.*

Francesco scosse la testa.

Alzò lo sguardo dalle ricche ornamentazioni colorate della «A», e dall'occhio vacuo del grifone che si reggeva in equilibrio sulle lettere «rab».

– Cosa vuol dire?

Suo zio lo guardò incredulo. – Come, «cosa vuol dire»? Vuol dire quello che c'è scritto, no?

– E cioè?

Tarciso si grattò la testa. Aveva capelli corti, grigi. Come le setole di una spazzola dura. – Cioè che *Arabella contemplò l'abisso*. Sono belle parole, no?

– Ma è una storia che ti sei inventato tu?

– No. L'ho trovata in quel libro.

E indicò il libro piú piccolo.

Francesco lo prese in mano. Era un tascabile dalla copertina bianca e rosa, su cui era disegnata una coppia: una ragazza bionda in abito da sera, e un principe con una divisa dell'Ottocento. I due stavano danzando sotto un enorme lampadario di cristallo.

– Stai copiando e miniando un Harmony?

Tarciso incassò la testa fra le spalle. – E allora?

– Ma sono libri stupidi.

– Stupido sarai tu. Ma l'hai letto quello che dice? Ti sembra stupido? *Arabella contemplò l'abisso.* Ti sembra una cosa stupida?

– Ma...

– Come ti senti in diritto di dire che una cosa è stupida? Solo perché hai studiato? Se hai potuto studiare è solo perché io e tuo padre ci siamo rotti la schiena sui campi che tu hai dato via in pochi anni. C'era il nostro sudore, su quei campi. Hai visto almeno come sono ridotti? Hai visto cosa ne hanno fatto?

Francesco sospirò. – Ecco. Ero venuto a parlarti proprio di questo.

Lo zio lo fissò, con un'espressione dura. – A parlare di quello che hai fatto? Era ora.

– No. A parlare della *Grava dal Cont*.

Suo zio si voltò dall'altra parte con una furia che spaventò Francesco. – *Anche quella?* Vuoi anche quella? Ma non ti fermi davanti a niente?

– Ti pagherò bene. Potrai comprarti una casa. Ce ne sono di bellissime, in vendita.

In paese si era costruito tantissimo, negli ultimi dieci anni. Chi aveva quattro soldi da parte li investiva nel mattone. Era come una smania. Una cosa insensata. Cosí quel paesino di neanche duemila abitanti si era gonfiato come un tumore, riempiendosi di villette a schiera e di condominietti da quattro o sei appartamenti.

Una metastasi.

Non c'era altro modo di definirla.

La ghiaia del fiume, e il lavoro e i risparmi di tante generazioni si erano coagulati in questa massa orrenda, che per un architetto era un incubo.

C'era persino una finta villa veneta con il cortile pieno di statue di cemento. Ma quella c'era da una vita, in realtà. Francesco ricordava ancora quanto l'aveva fatto ridere vedere in quel cortile la statua di un eroe che afferrava un toro per le corna. La statua era chiaramente di ispirazione antica, ma l'eroe indossava un paio di calzoni, anch'essi rigorosamente in cemento...

Quasi tutto quell'orrore edilizio, dipinto a colori sgargianti, era vuoto, e andava lentamente in sfacelo a ogni anno che passava, le stanze desolate, mai abitate da nessuno, mai amate da nessuno.

– Potresti comprarci un condominio, con quei soldi.

– Non mi interessa, un condominio. Mi basta qui.

– Potresti fare dei viaggi. Vedere il mondo.

– Qua ho tutto il mondo che mi serve. Mi basta.

Francesco si sentí salirgli dentro un'ira sorda, feroce.

– Non fare il testardo.

– Perché? *Sinò ce mi fastu?*

Ti ammazzo, avrebbe voluto rispondergli Francesco. Invece si limitò a scrollare le spalle.

– Tu non sai che momento sto passando.

Suo zio non si girò nemmeno. Intinse il pennellino di martora nella boccetta dell'oro, e contornato con quello il bordo della «A».

– Se non vendiamo la *Grava dal Cont* sono nei guai, zio.

– Se non *vendiamo*? Quella terra è mia. Tu non hai niente da vendere.

– Sono il tuo unico nipote.

– Sí, e ti assicuro che mi basti e avanzi.

– Non pensi alla mia famiglia? Ai tuoi nipoti?

– Non dovresti pensarci tu?

Francesco allora ebbe uno scatto di rabbia. Alzò la mano come a colpire suo zio.

Tarciso si voltò a guardarlo. L'espressione che gli passò sul volto era quanto di piú lontano possibile dall'amore, o dalla compassione.

Era l'espressione di un giudice. Un giudice che non concedeva appello.

Alzando il mento aveva indicato al nipote l'uscita.

– Chiudi la porta, quando te ne vai.

– *Sensa sbàtila*, – aggiunse.

V.

Gli aironi

Quelle quattro parole, «Non dovresti pensarci tu?», avevano lavorato a lungo nella testa di Francesco Salvador, trasformandosi in sillabe mostruose, assumendo ogni tinta possibile, come se le stesse anche lui miniando, nella memoria, con penne intinte nel livore, nell'odio. Intorno a quelle lettere disegnò con la sua rabbia draghi, forche, cimiteri sventrati. Altro che miniature. Sognò di spaccare la testa a colpi d'ascia a quello stronzo bigotto che miniava gli Harmony. Che lo costringeva a scusarsi con Remo e con i suoi soci occulti, come un bambino che chiede perdono ai genitori perché ha preso un brutto voto.

Solo che quello non era, non era piú, *non era mai stato* un gioco da bambini.

Accelerando il passo, Francesco raggiunse la coda della comitiva. Superò alcuni bambini, la coppia di anziani della barca, Grisostoli che accennò un mezzo saluto e poi sembrò cambiare idea.

Salvador superò con un saltello all'ultimo momento una cacca di cane, seminascosta sul bordo del sentiero. La merda emanava un odore pungente, e un ronzare di mosche. Mosche verdi, grasse, insolenti. Un rumore estivo, nonostante tutto.

Faceva un gran caldo.

Gli alberi, l'erba, lo stesso cielo sembravano coperti da un velo di polvere. La comitiva interrompeva coi suoi colori chiassosi la monotonia di quel verde ingrigito. L'abbigliamento dei gitanti formava un insieme violentemente variopinto, che faceva star male Francesco, uomo dai gusti sobri.

Un gruppo di *descamisados* stava aggrappato come una tribú di scimmie a una rete metallica, guardando, indicando, fotografando qualcosa di bianco che si intravedeva di lontano al fondo di un brago giallastro, che sembrava piú una fogna a cielo aperto che una palude. Per quanto un po' discosta dagli altri, un po' piú discreta, la sua famiglia partecipava alla contemplazione collettiva di quella macchia bianca.

– Cos'è? – chiese Francesco, andando a mettersi a fianco di sua moglie e cingendole il fianco col braccio. – Un sacchetto della Coop?

– Sciocco. È un airone.

– Ah, il famoso ai*v*one.

– Sí, – rispose lei. E poi, sottovoce, aggiunse: – Fa cagare, vero?

Francesco rimase colpito da quella parola, sulle labbra di Giulia.

– Be', un po' sí, – ammise.

– Pensa che c'è gente che viene qui apposta a vederli. Dipendesse da te…

– Dipendesse da me, cosa?

– Niente. Lasciamo stare.

– I bambini dove sono? – tentò Francesco, piú che altro per distrarre la moglie dai pensieri che le incupivano lo sguardo, quali che fossero. Giulia aveva le antenne, per certe cose. Questo non andava mai trascurato, quando il confronto si prospettava diretto, come in questo caso, e non filtrato dalla compagnia di amici, o da quei veri e propri stati cuscinetto che erano i figli.

– Sono con i Gardin. Gli ho chiesto se li guardavano loro.

– Perché?

– Volevo aspettarti. Ho fatto male? Ti spiace?

– No. Hai fatto benissimo.

– Dalla tua faccia non si direbbe.

– Ma sí... Solo che è tardi.

– No. Siamo in *perfetto ritardo*. Non si arriva mai puntuali, a una cosa del genere. Si passa per provinciali.

Se lo diceva Giulia c'era da crederci.

A meno che non stesse scherzando. Non sempre era facile capire quando faceva sul serio e quando scherzava. Dopo tanti anni di matrimonio Francesco doveva ancora prenderle le misure.

– Andiamo, allora? – disse.

Giulia sembrò sul punto di replicare qualcosa, ma poi non disse niente. Allungò la mano, la posò sulla rete di plastica calda, la spostò seguendo le maglie della rete fino a incontrare la mano del marito, a stringerla nella sua.

– Aspettiamo un momento.

– Va bene, – sorrise lui.

Con stanche movenze quasi da bradipi dovute al caldo e alla noia, il gruppo lentamente si stava staccando dalla rete impolverata, dopo aver scattato l'equivalente di mezzo hard disk di foto a quell'uccello sparuto, dal piumaggio sporco. Francesco e sua moglie se ne rimasero invece fermi, con gli occhi ostentatamente fissi sull'airone e i pensieri altrove, in posti diversi. Le parole sembravano sul punto di esplodere, fra loro. Era come se si sentisse una miccia consumarsi lentamente, nel silenzio.

– Comunque... – partí, all'unisono con Giulia, che come la concorrente di un gioco a premi si era precipitata a pronunciare una parola.

Fu lei la prima a riprendersi, a completare la frase.

– Comunque non occorre che tu dica niente. Ne parliamo a casa. Adesso godiamoci la giornata.

Godiamoci cosa?, avrebbe voluto chiederle lui, vedendo caracollare verso di loro, i piedi avvolti in una nuvoletta di polvere, Grisostoli e la sua piccola corte dei miracoli, un gruppo di anziani vestiti come un catalogo di abbigliamento da manicomio, dalla sahariana mimetica ai giubbotti di jeans vecchi di due generazioni, a onta della collocazione di quei manichini di carne ai posti piú alti della scala locale dei redditi. I cappellini che portavano in testa declinavano ogni sfumatura del bizzarro, sia al femminile sia al maschile. Avanzavano lenti, strascicando i piedi, ed era questo a sollevare in aria la polvere giallastra del sentiero.

La mano di Giulia non lasciava la sua. Francesco si sentiva imbarazzato. Al tempo stesso quel contatto lo colpiva, in qualche modo, dalle parti del cuore. Sentiva come uno strappo, una nostalgia fonda. Avesse avuto la testa meno ingombra... Avesse avuto il cuore meno gonfio di cose che non riuscivano a trovare forma, e gli vagavano dentro come nuvole a volte scure e a volte candide...

Grisostoli, inopportunamente, si fermò davanti a loro, e il suo seguito in parte lo imitò.

– Belli, gli aironi, – belò una voce di vecchia, moltiplicando gli animali e calamitando di nuovo gli sguardi su quella macchia bianca in fondo al brago.

– Cosa mi fate, i piccioncini? – li sfotté Grisostoli, dirigendo l'aria con la mano, l'indice alzato a mo' di bacchetta. Francesco avrebbe voluto chiedergli perché faceva cosí, che cazzo c'entrava quel gesto, cosa voleva dire. Quelli erano i momenti in cui di solito sua moglie si frapponeva come una forza d'interposizione, trovando la battuta giusta, il tono leggero fatto per stoppare la conversazione e dirigerla verso acque piú quiete. Ma quel mattino, il mattino dell'ultimo giorno felice nella vita di Francesco Salvador, quel mattino Giulia sembrava poco disposta a intervenire. Guardava oltre la rete come se davvero potesse fregargliene qualcosa di quell'uccellaccio allampanato.

– Allora, coniugi Salvador, ci diamo alla seconda luna di miele? Dovreste vedervi. Due piccioncini, *neh*.

Francesco l'avrebbe strozzato. Non che strozzarlo gli sembrasse abbastanza, ma sarebbe stato comunque un inizio.

– Non avete fame? Non avete voglia di vedere cosa ci ha preparato lo chef?

Giulia si produsse in uno dei piú bei sorrisi che Francesco le avesse mai visto fare. E anche uno dei piú falsi.

– Certo che abbiamo voglia, – mentí, anticipando di un attimo qualsiasi cosa suo marito avesse in mente di dire.

VI.

Alla locanda

Quando finalmente ci arrivarono, il posto, visto da fuori, non aveva niente di speciale. Una locanda, appunto, come diceva il nome. Due edifici attaccati, uno rosso e uno giallo. Il canale finiva lí, nell'acqua fetida dell'attracco.

Passarono per un ingresso da ristorante di una volta. Alle pareti c'erano foto prevalentemente in bianco e nero di personalità che avevano mangiato lí. Francesco riconobbe Lady D., e in un'altra gli sembrò ci fosse quel vecchio capo pelato dell'Unione Sovietica, quello che alle Nazioni Unite si era tolto la scarpa e l'aveva battuta sul tavolo, come cazzo si chiamava?

E chissene, come diceva Beatrice.

Tanto siete tutti morti.

Giulia lo tirò leggermente per il braccio, guidandolo attraverso un corridoio dalle pareti altrettanto tappezzate di foto. Attraversate alcune stanze in penombra uscirono di nuovo all'aperto in un cortile interno chiuso da mura, bordato di rampicanti verdissimi. La ghiaia scricchiolava sotto i loro passi, mentre si avvicinavano ai tavoli già assediati del buffet, disposti sotto una fresca pergola.

Il chiacchiericcio degli altri gitanti era a un livello ancora contenuto, sopportabile anche dai nervi tesi di Francesco. Recuperarono i loro figli dal gruppetto di bambini di varie età che si erano lanciati sul buffet con la grazia di uno stormo di colombi affamati.

– Prova questo, papà, è buonissimo, – bofonchiò a bocca piena Matteo, sollevando una *flûte* come se fosse il Graal. Francesco annusò diffidente il liquido rosato.

– È un Bellini, – suggerí il cameriere.

– Lo so.

Mandò giú l'aperitivo, trovandosi poi in imbarazzo su dove appoggiare la *flûte*. Il cameriere risolse i dubbi mettendogli sotto il naso un vassoio d'argento scintillante. Francesco posò il vuoto e raccolse al volo un altro aperitivo. Un prosecco, stavolta.

– Buono, eh? – domandò uno slowfoodiano di cui Francesco non ricordava il nome. Un pezzo grosso di qualche genere, forse dell'ACI. Mugugnò una mezza risposta che poteva anche sembrare un «sí» e si allontanò puntando ai vassoietti delle olive e degli altri stuzzichini. Giulia lo raggiunse. Era obiettivamente affascinante, con un calice in mano. Era cosí che l'aveva vista la seconda volta, alla festa di laurea di un'amica comune. Lui era appena uscito da una storia devastante. Devastante per l'altra, cioè. *Giulia*... Giulia era, altrettanto obiettivamente, un mistero. C'erano stati momenti, quando ancora il passato di sua moglie lo interessava, in cui quel vasto continente che era la vita di Giulia prima che si mettessero insieme gli sembrava una *Terra Incognita* affascinante e pericolosa. Gli accenni che lei faceva alle sue storie da single non facevano che accentuare le zone d'ombra, anziché illuminarle. Chi era stato, il suo primo uomo? Come l'aveva presa, il regista, la fine della loro storia e il fatto che era stato lui a farli conoscere? E chi era l'ingegnere, l'«uomo piú grande», come diceva lei, con cui aveva convissuto per qualche tempo a Milano? Era lui quello con la villa sul Lago Maggiore? O era invece un altro, magari quel ragazzo che l'aveva fatta innamorare un pomeriggio, in piscina, proponendole di fare trenta vasche a rana insieme?

«E le avete fatte?» le aveva chiesto una volta.
«Oh, sí. Io mi sono fermata a trenta».
«E lui?»
«Lui non si è fermato».

Giulia gli posò una mano sulla spalla, strappandolo ai suoi pensieri.
– Allora?
Nel loro gergo segreto, nel linguaggio del loro matrimonio, «allora?» voleva dire «ce la fai a sopravvivere a questa cosa?»
– Tutto bene.
– Cerca di non bere troppo.
– Un paio di aperitivi, – mentí lui, leggermente risentito.
– Fa caldo. E poi devi guidare.
– Questo è il secondo. E l'ultimo.
– Sei strano, oggi.
– Perché dici cosí?
Lei aveva alzato le spalle. – Sei tornato tardi, ieri notte. Per forza sembri cosí stanco. Che ora era?
– Tardi.
– Tardi quanto?
– Non ricordo. Mezzanotte, mi sembra.
– Non è possibile. A mezzanotte ero ancora sveglia.
– Un po' dopo, allora. Non ho guardato l'orologio.
Si fissarono negli occhi. Occhi scuri. Piú profondi quelli di lei, quasi fossero fatti di ossidiana. Gli stessi riflessi metallici. Lo stesso colore del monolite di *2001: Odissea nello spazio*. Gli occhi di Francesco avevano invece dei riflessi verdi, persi nel marrone.
Un verde innocente, annegato nell'ombra.
Da quello che avrebbe detto lei, dal tono della risposta, sarebbe dipeso il destino della loro giornata.

Lo sapevano entrambi. Giulia non era ingenua. Colse negli occhi del marito qualcosa di piú di un semplice disagio. Qualcosa che andava al di là di... Be', di tutto quello che si sarebbe potuto affrontare in pubblico, in una giornata come quella. Addosso al marito sentiva le tracce di qualcosa di molto piú grande. Qualcosa che ancora per un po' avrebbe dovuto restare chiuso, inespresso.

– Okay, – sorrise. – Come vuoi. Un'altra cosa, invece: cerca di non fare troppo il musone. Pensa ai bambini.

– In che senso?

– Sai chi è, quello che hai appena snobbato?

– Chi?

– L'Angeletti. Voleva parlarti, vicino al tavolo degli aperitivi.

– E chi è, l'Angeletti?

– Suo figlio e Matteo sono compagni di banco.

– Ma è un *vecchio*.

– È piú giovane di te. Buon per te, se lo vedi piú vecchio. Ma ha due, forse *tre* anni meno di te.

– Ma dài.

– Giuro.

Giulia gli tolse la *flûte* mezza vuota dalla mano. Aveva dita lunghe, eleganti. Dita che sembravano uscite da un quadro di quei pittori che le piacevano cosí tanto, i preraffaelliti. Quelli che amavano dipingere donne diafane, vergini dai capelli rossi annegate in un fiume, o perse in uno sguardo languido su un mazzo di gigli bianchi. Giulia gli aveva fatto passare ore in quel museo di Manchester, a vedere tele del genere.

– A cosa pensi?

– A niente, – rispose. In realtà la sua testa era piena di cosí tante cose che gli sembrava di averla vuota. Era come quell'esperimento che aveva visto a Parigi, alla Cité des Sciences et de l'Industrie, quando ci aveva portato i bambini. Due onde sonore, due rumori che incrociandosi si annullavano a vicenda, producendo un silenzio che non era un silenzio vero ma era la somma di due rumori. Cosí facevano i pensieri nella sua testa. Le paure di adesso, il ricordo della notte prima. Le cose che stavano succedendo e quelle che erano già successe. La locanda nella laguna e quell'altro posto. Quello dove era stato e avrebbe voluto non essere stato mai. Le cose che aveva fatto e che non voleva ricordare.

Il cellulare nella tasca del giubbotto cominciò a trillare la canzone degli Stars. Giulia fece una smorfia, come se avesse sentito il sibilo di un serpente. Si immobilizzò, gli occhi gelidi.

– Scusami, – sussurrò Francesco, allontanandosi di qualche passo, verso il muro coperto d'edera, prima di togliere il cellulare dalla tasca, leggere il numero e aprire il *flip*.

– Dimmi.

Il Polacco aveva una voce nervosa. – Qui qualcosa non va.

– Ti avevo detto di non chiamarmi.

– Siamo qui ma sembra che non c'è nessuno, in casa.

– Parlate con Remo. È con voi, no?

– Tu devi solo dirmi se è normale. È normale, che tuo zio fa cosí?

– Mio zio non è normale. Te l'ho detto. Ma di solito non esce mai.

– Avevi detto che lui va a scavare in giro per campi.

– Di notte. Mai di giorno.

– Ti dico che da qui fuori sembra che non c'è nessuno.

– E io ti ho detto che non sono affari miei. Se non c'è vuol dire che tornerete un'altra volta.

– Non si può. Va fatto oggi. Remo dice cosí.

– Ti ho detto…

– Secondo te porta è chiusa? C'è allarme?

– Allarme? Scherzi?

– Allora aspettiamo ancora un po' e dopo entriamo.

– Fa' quel…

Ma il Polacco aveva già riattaccato.

Gli occhi di Francesco incrociarono quelli di Giulia, in piedi poco distante da lui, dal muro.

Distolse lo sguardo, lo spostò sull'edera, di un verde cosí intenso che sembrava plastica. Dentro di sé sentiva il cuore battere all'impazzata. Tutto sarebbe andato bene, adesso. Era solo questione di aspettare. Tutto si sarebbe sistemato.

Sentí il passo leggero di sua moglie sulla ghiaia. Lei che si avvicinava. La mano che si posava sulla sua guancia. Il dorso della mano che gli accarezzava la pelle, ispida dove la barba già ricresceva. I due tagli. Non li aveva mai *sentiti* come in quel momento, mentre la mano di sua moglie li sfiorava, pelle fresca contro pelle sudata.

– Spegni il telefono, – gli sussurrò all'orecchio.

Lui fece di no con il capo. Il movimento si trasmise alla mano di sua moglie, fece parte di lei, che incassò il diniego.

Francesco si allontanò di un passo.

Poi tornò verso di lei.

Era come una danza, pensò, guardandola.

Era da tanto che non ballavano.

VII.

Aveva ragione MacArthur

Il loro tavolo era il 12, giusto in fondo al cortile interno, poco prima del sentiero che portava all'orto della locanda. Una leggera brezza, passando fra il verde del pergolato, staccava petali e foglie, che cadevano sulle tovaglie di lino, nei bicchieri, nei piatti ancora vuoti. Francesco e sua moglie presero posto fra i Candiani, una coppia che gestiva una gioielleria in centro dove l'orologio meno caro era un Rolex, e i Gardin, il cui figlio adolescente aveva dovuto accomodarsi al tavolo dei bambini, da dove lanciava sguardi colmi d'ira verso tutti i punti cardinali, e in particolare verso il sud-est, dove stavano i suoi genitori.

Fosse stata una giornata normale e non la sua personale Armageddon, Francesco avrebbe apprezzato quello che l'occhio gli portava come un bottino: la pulizia e l'eleganza del luogo, il nitore dei posti apparecchiati, luccicanti sotto il sole, e il sole stesso, glorioso come la visione scenografica della cattedrale antica in fondo al prato. Non ci fossero stati quei pensieri che sbattevano come pipistrelli contro le pareti della sua testa, incapaci di scegliere se uscire o nascondersi. Dal disordine che sentiva dentro uscivano comunque sorrisi e frasi di cortesia, come se avesse inserito un pilota automatico. Neanche sentiva quello che gli dicevano. Guardava Giulia e si uniformava alle espressioni che le passavano sul volto. Cercava di intonarsi a lei, di accordarsi sulle sue note come uno strumento.

Guardò i gemelli, seduti rigidi in mezzo a gitanti di piccola e media taglia e di diversa età, radunati a quel tavolo come i superstiti di un naufragio. Sorrise, ma né Matteo né Beatrice alzarono la testa dalla loro opera di distruzione di un panino.

Guardò una mosca posarsi a lato di un ricciolo di burro nella coppetta davanti a Giulia. Gocce imperlavano l'esterno della coppetta fresca.

La mosca si sfregò le zampe e puntò verso il centro.

Il tovagliolo di Francesco scattò veloce come la lingua di un camaleonte.

Un gesto istintivo.

La mosca rimase appiccicata al lembo della salvietta.

Sulla coppetta non ce n'era piú traccia.

Francesco era sempre stato molto bravo a prendere le mosche. *Checo cjapamosche* era, non a caso, il soprannome che gli avevano affibbiato alle medie. Un titolo che allora aveva portato con vanto, ma che adesso gli pesava, alle cene di classe o ai tornei di calcetto fra ex compagni di scuola.

– Bravo! – esclamò Liberto Gardin, battendo le mani. – Ma come fa? Velocissimo! Bravo!

Il suo applauso non compensò Francesco della disapprovazione manifestata da Giulia per quell'impresa.

– È un'abilità che mio marito coltiva dall'infanzia. Me ne avevano parlato, ma non l'avevo mai visto in azione.

– Facciamo un brindisi a suo marito, allora.

– Sí, – fece lei, asciutta, levando il calice. – Un bel brindisi a *Checo*.

Il prosecco andò giú come cicuta. Francesco abbozzò un sorriso, che si abbinasse a quello, tutt'altro che sincero, di sua moglie.

– Quasi un'arte marziale, – insisté Gardin, attirandosi una maledizione istantanea. Se Francesco fosse stato dell'umore giusto avrebbe tirato fuori una replica al vetriolo. Ma era lí con lo stato d'animo dell'ultima foglia su un ramo, a novembre e in un giorno di vento.

Già dire che «era lí» non era preciso.

C'era e non c'era.

La sua testa era altrove, intenta a ripercorrere altri giorni, altre cose.

Come in quel film dove il proiezionista doveva tagliare le scene di baci dalle pellicole, a ogni scampanellio del prete seduto in platea. Le parole degli altri commensali erano gli scampanellii che obbligavano Francesco a tagliare dal film della memoria le scene piú scabrose.

C'è il qui, c'è l'adesso, gli diceva il cervello, nel suo ruotare velocissimo, quasi impazzito, da trottola. *Staccati da quelle cose. Stacca il telefono. Andrà tutto bene.*

Riaccese i contatti sul mondo in tempo per sentire l'ultima bella uscita di Liberto Gardin. Dalla bocca dell'immobiliarista uscivano ogni quattro o cinque parole minuscole goccioline di saliva, come punti e virgole.

– L'avete visto? È o non è incredibile?

Suo malgrado, Francesco gli prestò attenzione.

La storia raccontata da Gardin era stata riportata da tutti i media nazionali. Una mostra in Germania, dove venivano esibiti corpi umani in pose ginniche. I muscoli messi a nudo come in uno studio anatomico. Solo che i corpi erano veri. Plastificati.

– Usano i cadaveri dei condannati a morte cinesi. Il governo cinese *li vende*. Avete visto le foto? Si vede proprio il buco della pallottola, nella nuca. Dico, quei poveretti...

Poveretti.

Detto da uno che avrebbe invocato la pena di morte anche per un eccesso di velocità.

– Aveva ragione MacArthur. Sapete, quel generale americano di una volta. Quello che voleva bombardare con le atomiche la Cina comunista. Voleva farci intorno un bel muro di radiazioni, per tenerli lontani dal resto del mondo.

I Candiani, bella coppia di stronzi, assentirono solennemente.

– In questo caso, però, i cinesi morti sarebbero stati molti di piú, – commentò sottovoce Giulia.

Gardin bloccò per un attimo le mascelle, fra un delirio e l'altro.

Poi ripartí imperterrito. – Ah, ma signora mia, siamo tutti bravi a fare questi discorsi, ma io le dico che il mondo sarebbe migliore senza i cinesi. Sono una razza nociva.

– *Razza nociva?* Non è un concetto un po' nazista…?

Gardin si inalberò. – Ma che c'entra il nazismo? Qui non si tratta mica di politica.

– No?

– No. È un dato di fatto. I cinesi sono dei gran bastardi. Quei poveri morti…

– Che lei vorrebbe bombardare con le atomiche…

– È una morte migliore di una pallottola nella nuca. Sa che la fanno addirittura pagare ai parenti dei condannati, la pallottola?

– Comunque, lei le case ai cinesi le vende, no? E anche i negozi, – intervenne Francesco. Senza nessuna intenzione di aiutare la moglie. Per il puro gusto di buttar giú quel muro di cazzate.

Gardin rimase senza parole per un discreto lasso di tempo.

Non abbastanza, però.

– Che c'entra, dico? Ancora politica?

– Non mi risulta che il mercato immobiliare sia una questione politica. Lei i negozi ai cinesi li vende o no? Sí, vero? Come la pagano?

– È tutto in regola.

– Oh, allora va bene. Se è tutto in regola, *questi* cinesi non li bombardiamo, – sorrise Giulia.

Nel silenzio, alzando la testa, Francesco incontrò lo sguardo di un cameriere che attendeva di servire gli antipasti. Stava lí fermo, forse in attesa che cessasse quello scambio di artiglieria.

La voce di Fabienne Gardin era flebile, adeguata alle sue fattezze diafane, aristocratiche. – Guardi che l'ha detto anche il Dalai Lama…

– Che cosa avrebbe detto, il Dalai Lama? – le chiese Giulia, in tono gelido.

Francesco adorava quei rari momenti di cattiveria di sua moglie. Era come vedere un maestro di arti marziali che amministra la forza, la rabbia, nell'attesa di sferrare il colpo.

– Mah… Che i cinesi sono dei mostri, – disse Fabienne Gardin.

– Non mi risulta.

– Oh, ma l'ha detto anche la Sharon Stone.

– Ah, allora siamo a posto. Se l'ha detto anche *la* Sharon Stone…

Liberto Gardin riprese coraggio, o forse voleva solo soccorrere sua moglie. – Rimane il fatto che lei non può mettere in discussione la mia correttezza professionale…

Francesco fissò il piatto che il cameriere gli aveva messo davanti, un piatto enorme in cui un'ostia sottile di pesce riposava al centro di un disegno elaborato, un ghirigoro di salse e guarnizioni.

Senza replicare a Gardin, sbatté il tovagliolo sul tavolo e si alzò di scatto, disturbando leggermente la manovra di un altro cameriere che stava servendo Giulia, e che riprese l'equilibrio spostandosi sulla destra.

Francesco si allontanò dai tavoli, muovendo qualche passo su e giú a vuoto prima di incamminarsi sul vialetto di ghiaia all'ombra del pergolato. Il vialetto che portava all'orto, in fondo al giardino. Sentiva il sangue premergli le tempie. Guardava i muri che chiudevano il cortile, e quelli della cattedrale in fondo al giardino, come se fossero le mura di una prigione.

Camminò meccanicamente, come se i piedi fossero fissati a una catena tirata da qualcun altro, da un prigioniero piú avanti nella fila, ma invisibile.

Altrettanto meccanicamente cercò il cellulare, in fondo alla tasca. Ma non lo trovò. L'aveva lasciato sul tavolo, in bella vista.

Come l'aveva memorizzato, il numero di Jana?

UFFICIO 3.

Niente di sospetto, anche se il telefono si fosse messo a vibrare, spostandosi sul tavolo. Ma forse la tovaglia di Fiandra l'avrebbe trattenuto, non si sarebbe mosso come un altro cellulare aveva fatto quella volta, in un caffè parigino, facendo sorridere i bambini perché sembrava una tartaruga rovesciata sul dorso che cercava di raggiungere il bordo del tavolino.

La luce azzurra del display non si sarebbe notata, nella luce piú grande del sole. L'importante era che Giulia non se ne accorgesse. Che non prendesse in mano il telefono. Che non rispondesse, sentendo la voce della ragazza. O, peggio ancora, il silenzio, e poi il *clic* della comunicazione interrotta.

Ma tornare indietro a riprendersi il cellulare sarebbe stato ancora peggio. Una specie di ammissione di colpa.

Decisamente peggio.

Avrebbe corso il rischio.

Trovò invece un'altra cosa, in fondo alla tasca.

Un involto di carta, che in un primo momento scambiò per un fazzoletto.

Poi ricordò.

Strinse l'oggetto piccolo e rotondo avviluppato fra le pieghe. Ne riconobbe i contorni.

Una moneta.

Frammenti rabbiosi di una conversazione animata irruppero nella sua memoria. E poi l'immagine di un gesto brusco, violento. Il rumore di qualcosa di fragile che si spezzava.

Camminò verso il fondo del giardino, e camminando cercava di spegnere dentro di sé le immagini, le voci.

C'erano fiori, e c'erano verdure, file di erbe aromatiche come nel disegno di un antico *hortus* medievale. C'era una gran pace, come se quel posto fosse infinitamente lontano da tutto, fuori dal tempo. Dopo il pranzo i bambini avrebbero invaso quello spazio sereno, corso sull'erba, lanciato i loro richiami striduli. Ma in quel momento la tranquillità del posto era ancora intatta. Giungeva solo un brusio pacifico di voci, il rumore dei piatti e delle posate. Chiudendo gli occhi, Francesco uscí dall'ombra e si godette la sensazione improvvisa del sole sulla pelle, il rosso del sangue dietro le palpebre chiuse per un lungo istante.

Non c'è mai un vero buio.

Mai un vero silenzio.

«La vita è fatta di cose mescolate. Non è mai bianco e nero, luce e ombra. Per questo qualcuno la chiama bastarda», aveva detto Tarciso.

Rivide il gesto con cui lo zio toglieva il tappo dalla bottiglia di *sgnàpa* fatta in casa. L'odore metallico che sprigionava. Un odore piú di garage che di cantina. Olio e ferro.

– Bevi, – gli aveva ordinato lo zio, allungando sul piano del tavolo il bicchierino di grappa poco piú grande di un ditale, di vetro spesso. Un tipo di bicchiere che Francesco non vedeva da anni. L'uso l'aveva reso quasi opaco intorno al bordo.

– Non mi va.

– Stiamo facendo un patto. Bisogna berci sopra. Bagnare l'accordo.

– Che patto? Hai vinto. Di' piuttosto una resa.

Erano passati solo due giorni dall'ultima visita di Francesco a suo zio. Visite di cui Giulia non sapeva nulla. Visite ancora piú segrete di quelle che lui faceva a Jana, nel suo monolocale in periferia, diviso con un'amica che non c'era mai quando Francesco arrivava.

– O mai o sempre, – scherzò sarcastico suo zio, vedendolo parcheggiare il SUV Mercedes in cortile. – Qual buon vento ti porta?

E gli strizzò l'occhio.

Francesco non sorrise. – Dobbiamo finirla, una volta per tutte. Qui. Adesso. Una volta per tutte. Sono stufo.

– Era ora che lo tirassi fuori, il rospo. Stavo cominciando a pensare che le tue erano davvero delle visite di cortesia.

– Dobbiamo proprio chiuderla questa storia, zio.

Tarciso allargò le braccia. – Sei il mio unico nipote. Come posso dirti di no? Parliamone. Dài, entra. Ti ha fatto una bella sorpresa, eh?

– Cosa?

– Tuo padre. Proprio una bella sorpresa...

Francesco non rispose. Entrò nella vecchia casa, e si sentí subito aggredire il naso da un forte odore di muffa. E di qualcos'altro. Suo zio ridacchiò.

– L'hai sentito, eh? L'hai riconosciuto, l'odore...

– Cos'è?

– Una roba che ho trovato. Una roba *preziosa*. Dopo, se ti comporti bene, te la faccio vedere. Meglio della sciabola del pirata. Siediti, adesso. Mi viene il nervoso, a vederti in piedi.

E dunque eccoli lí, seduti al tavolo rigato da infiniti passaggi di piatti e bicchieri e mani, il tavolo che era dei Salvador – di quel ramo dei Salvador – da piú generazioni di quante la loro memoria familiare potesse ricordare.

– È stato come scendere da uno di quei cosi, eh?

– Che cosi?

– L'ottovolante, le giostre. Quelle robe lí. Quando ti hanno detto che c'era un altro testamento…

– Hai ragione tu, è stata una sorpresa.

Gli occhi acquosi e arrossati di Tarciso si erano fissati su quelli del nipote.

Le venuzze da beone sul suo naso sembravano sul punto di scoppiare.

– L'avresti rispettato?

– Cosa?

– Non chiedere sempre *cosa*. Non sei stupido. Sai benissimo *cosa* intendo. Il testamento vecchio, quello che non vale piú…

– Non era poi cosí vecchio.

– L'avresti rispettato? Avresti fatto quello che tuo padre ti chiedeva? Mi avresti davvero lasciato vivere in pace qui?

Si guardarono negli occhi, abbastanza a lungo per dirsi tutto, per capire tutto. L'odore di muffa era meno percepibile, in cucina. Ma c'era comunque.

– Tuo padre era una grande persona.

– Ero disposto a darti quello che volevi. Sono ancora disposto…

– Tutto quello che voglio è la *Grava dal Cont*. E questa casa. Voglio viverci fino alla fine dei miei giorni. E se sei uomo… Se sei un uomo almeno la metà di quanto lo era tuo padre…

Tarciso si alzò. Era un uomo piccolo. Anche in piedi, anche incazzato com'era, non riusciva a mettere paura. Del resto, dopo l'incidente, tecnicamente non lo si poteva neppure definire un uomo.

– Vieni con me, – disse. E senza aspettare uscí dalla stanza.

VIII.

I mostri dell'argine

Camminarono un bel po' lungo l'argine, costeggiando i campi in cui Francesco aveva giocato da bambino. Era incredibile come le cose non sembrassero cambiate, dopo tanti anni. O forse era solo la memoria a ingannarlo, e l'albero su cui si arrampicava con Angelo, che poi era emigrato in Canada, l'albero su cui si erano scorticati infinite volte le gambe, forse non era quello che vedeva adesso, era un altro, cresciuto al suo posto. L'albero aveva un aspetto troppo giovane.

Erano quelli i posti in cui era stato felice da piccolo, in cui aveva riso, e corso, e giocato con gli amici. Gli ultimi amici della sua vita. Era il posto in cui suo zio – «lo zio matto», come lo chiamava allora – gli aveva insegnato come si scuoia un coniglio. Come lo cuoci su un fuoco all'aperto. Come si confezionava una bomba rudimentale, un pacco di polvere nera con la miccia. O anche una molto piú sofisticata.

L'aveva imparato da ragazzo, suo zio, a confezionare un ordigno a tempo, o una molotov con innesco chimico.

«Tuo padre ci ammazza, se lo viene a sapere. E allora acqua in bocca, eh? D'accordo? Lo sappiamo solo io e te. Vedi qua? Vedi quanto dev'essere lungo il filo?»

E poi gli metteva sotto il naso la destra rovinata, i moncherini delle due dita.

«E questa è l'altra cosa che devi sempre ricordarti, va bene? Che devi starci attento, con queste cose. Che non è un gioco».

Il bambino Francesco annuiva, solenne.

Quanta strada aveva fatto, da allora. Ma in fondo no: era poca, la strada, se i posti sembravano gli stessi dopo quarant'anni. Se nemmeno gli alberi parevano cambiati.

Le cicale lanciavano i loro versi come assalti sonori al cielo immobile, gravido di cose: ai bordi dell'orizzonte stava in agguato un temporale, che poi sarebbe scoppiato quella sera stessa, chiudendo il mondo in un sacco di tenebra e pioggia.

Un volo di uccelli, improvviso come uno scoppio, si alzò da un campo di frumento, una rapida ascesa di piume e penne, e ci sarebbe voluto un cane da lanciare a rincorrerli, un cane come il vecchio Black.

Camminarono a lungo, e man mano che si allontanavano dalla *Grava dal Cont* e dal suo tempo sospeso, il mondo cambiava.

Tarciso non parlava. A un certo punto fece un gesto come per accendersi una delle sigarette terribili che fumava una volta, prima che i medici lo convincessero a smettere. Fece quel gesto di ficcarsi la mano nel taschino della camicia a cercare il pacchetto delle Nazionali senza filtro. Ma poi la mano si fermò a mezz'aria, e scese come a benedire l'argine, e il mondo oltre l'argine, il luogo dell'infanzia a cui lui, a differenza di quel nipote maldestro, non aveva mai detto addio.

Camminarono, tenendosi sempre a tre passi di distanza l'uno dall'altro.

Camminarono come due che se ne vanno per i fatti loro, indifferenti l'uno all'altro.

Non come due che vanno di comune intento verso un qualche luogo.

C'era un senso d'attesa, nelle cose. E c'era anche dell'altro, ad accentuare quella sensazione di una molla che veniva caricata: un velo leggero ma oppressivo di polvere che copriva le foglie, i campi. Che offuscava il cielo. Un velo bianco, quasi accecante nella luce piena del pomeriggio.

Ci vorrebbe un pittore, stava per dire Francesco, quando un rombo sulla sinistra lo spaventò. Da una stradina parallela all'argine si arrampicò verso l'alto, in un frastuono di marce, un mostro colossale, un camion giallo grande come un dinosauro, che si trascinava dietro una nuvola di polvere alta almeno cinque metri.

Tarciso si chinò sulle ginocchia rigide. Raccolse un sasso. Lo lanciò verso la nuvola che si allontanava. Il sasso ricadde parecchi metri dietro il camion. Ansimando, il vecchio masticò fra i denti una bestemmia.

– Hai visto? – urlò, portandosi le mani ai fianchi, in una posa che lo faceva sembrare un gerarca fascista e invece serviva solo a fargli riprendere fiato. – Hai visto? È questo che dovevi vedere. Tutto il giorno cosí! Anche di notte. Lavorano con le fotocellule.

– Vuoi dire con le *fotoelettriche*.

– Con quello che è. Portano via migliaia di metri cubi di ghiaia. «Oro grigio», la chiamano i giornali. Portano via la ghiaia per costruirci quelle robacce che adesso chiamano case. E poi le cave, le cave… – Riprese un ritmo di respiro quasi regolare. – Le cave le riempiono di chissà quali porcherie. Prima le svuotano dalla ghiaia, poi le riempiono di veleni.

– Ma figurati.

– Perché dici di no? Che ne sai, tu?

– Sono solo cave, zio. E poi ormai la sorveglianza è continua. Non puoi fare niente senza permessi. Senza finire fotografato da un satellite.

– Ah sí? E da quando in qua i permessi e i satelliti hanno tenuto a bada i delinquenti?

– Comunque non è un problema tuo.

– Ah, no. Mio, no di certo. Io ho quasi finito di vivere. Il problema è tuo, e dei tuoi figli. Bella eredità che gli lasci.

Francesco si fermò. La schiena appoggiata alla parete metallica di uno dei bunker della guerra fredda, che interrompevano l'argine con frequenza regolare. L'inutile linea difensiva contro un'invasione dall'Est che non era mai arrivata. O meglio, l'invasione c'era stata, ma non come l'avevano immaginata. E nessun bunker l'avrebbe arrestata.

Il metallo era caldo, dove batteva il sole. Freddo dove restava in ombra.

Francesco socchiuse gli occhi. – Quando eravamo bambini venivamo a giocare qui sull'argine. Cercavamo sempre di forzare le porte di questi gabbiotti. Solo che lo facevamo con dei bastoni di legno. Infatti non ci siamo mai riusciti.

Suo zio lo guardò fisso. – Che c'entra?

Francesco puntò gli occhi verso il cielo lontano, violaceo come un livido. – Abbiamo avuto paura di una guerra che non è mai venuta. Di un nemico che non è mai arrivato. È come la paura del riscaldamento globale. Del buco nell'ozono. Del *millennium bug*...

– Quello che ti dico io non è mica una paura campata per aria. È una cosa che succede. Che vedo succedere. Solo che tu *non la vuoi* vedere. Non volete *mai* vedere. Nessuno di voi. Vi basta ingrassare i vostri conti correnti in banca. O riempire i buchi che fate spendendo per cose che non vi servono. E intanto il mondo annega nella merda. Sai cosa ci mettono, nei buchi che hanno scavato?

– Non ne ho idea.

– *Nessuno* ne ha idea. Forse neanche loro. Ma quelle porcherie poi finiscono nell'acqua che beviamo. Sí, anche in quella che bevi tu, caro mio. Che bevono i tuoi figli.

Non c'era un alito di vento. Le foglie erano immobili. Scura la parte sopra, bianca quella inferiore. I rami sembravano fatti di monete d'argento.

– Il mondo sta marcendo. È marcio quello che mangi, marcio quello che bevi. L'aria che respiriamo.

Augh!, avrebbe voluto rispondergli Francesco, facendogli un segnale indiano di quelli che usavano da bambini.

Augh, vecchio scemo.

Invece si limitò a scrollare le spalle. – Il mondo va avanti. È il progresso, che ti piaccia o no.

Se gli sguardi potessero uccidere, quello di Tarciso avrebbe freddato il nipote sul posto. – Tuo padre si rivolterà nella tomba.

– Ti ricordo che l'abbiamo cremato.

Tarciso fece una smorfia. – Sí, è vero. L'avete bruciato. Come si fa con l'immondizia.

– Papà era un uomo pratico. Sapeva che i tempi cambiano.

Non come te, razza di dinosauro.

– Ah sí? E allora come mai ha cambiato testamento? Come mai li ha lasciati a me, gli ultimi campi?

Fu trattenendo a fatica la rabbia che Francesco fece uscire dalla bocca quelle sei parole: – Devo ancora vederlo, questo nuovo testamento.

Suo zio lo guardò sospettoso. Un sorriso venato di malizia. – Scommetto che sei curioso. Ti piacerebbe averlo in mano, vero? Magari con un bel cerino…

– Non sono ancora convinto che quel testamento esista.

– Te l'ho letto, al telefono. L'hai sentito.

– Non l'ho mai *visto*.

Tarciso sbuffò. – Lo vedrai quando sarà il momento.

– Dobbiamo aprirla, la successione.

– C'è tutto il tempo. Lo vedrai quando sarà il momento, – ripeté il vecchio, stolidamente. Francesco l'avrebbe ammazzato. Lí sul posto, con la prima cosa che gli fosse capitata in mano. Di colpo il metallo del bunker al quale aveva appoggiato la schiena era diventato un contatto sgradevole. La parete di una bara. La tomba del passato. Della sua vecchia famiglia, di cui questo idiota era l'ultimo ingombro.

– Non vuoi discuterne? – chiese. Un estremo, patetico tentativo.

– No. Non qui, comunque. A casa, semmai. Davanti a un bicchiere.

Pronunciando la parola «bicchiere» Tarciso si era umettato le labbra con la lingua. Un tipico riflesso condizionato da vecchio alcolista. *È qualcosa su cui si può far leva?*, si chiese Francesco, prima di rispondere: – Va bene, andiamo.

Rientrarono lungo la stessa strada dell'andata: l'argine che un tempo i padri avevano costruito e ora i figli lasciavano crollare. L'argine che un tempo era stato il luogo dell'avventura, del crescere, e adesso era solo un dorso di terra, testimone di promesse non mantenute e di piccoli delitti quotidiani.

In meno di venti minuti Francesco contò sette camion.

La polvere si levava di continuo. Era da lí che veniva il sudario delle foglie e dei campi immobili, l'occlusione del cielo, era da lí che veniva quella polvere maledetta che velava il sole come una cataratta e rendeva apocalittico anche un semplice temporale in attesa di sfogarsi. Francesco dovette schiarirsi la gola, prima di parlare, indicando un punto oltre l'argine e i primi campi.

– È lí che hai trovato la donna, vero? Nella *Grava dal Cont*.

– Sí.

– Con la nebbia che c'era quel giorno, non ne ero certo. Dove l'hai messa?

– L'ho rimessa al suo posto. Cosa credevi? Che ci avevo fatto il brodo?

– E le monete?

– Anche quelle. Tutto. Tranne una cosa.

– Cosa?

Suo zio si infilò la mano in tasca. Di malavoglia, come se fosse costretto.

– Questa.

Tirò fuori dalla tasca dei suoi calzoni sformati un involto di carta di giornale.

– Cos'è?

– Un regalo. Per tua figlia. Non so quasi neanche come si chiama, povera bambina. L'ho vista solo in foto. E per tuo figlio c'è un'altra roba. È giusto che abbiate qualcosa, in cambio della *Grava dal Cont*.

E si mise a ridere. Di tutte le cose che poteva fare, si mise a ridere. La rabbia dentro Francesco salí oltre il livello di guardia.

– Non lo apri, il pacchetto? – domandò lo zio.

Francesco lo aprí.

Dentro c'era la piccola bambola d'osso, o d'avorio. La bambola romana.

– Non posso, – scosse la testa Francesco.

– Vale parecchio. Almeno questo dovrebbe contare qualcosa, per te.

– Non posso darla a Beatrice.

– Allora comprale un'altra cosa e questa tienila tu.

– Perché non l'hai rimessa dov'era?

Tarciso non aveva smesso di camminare. Ma la sua schiena si era piegata, il passo rallentato.

Senza voltarsi, ma in qualche modo come se guardasse il nipote, sussurrò: – Quando sarò morto...

– Quando sarai morto...?

– Le ruspe distruggeranno quella tomba. E tutto quello che contiene. Faranno finta di niente. Come se fossero le ossa di un cane. Com'è che dite? «Il progresso non si ferma. Il progresso...»

– Devi rimettere anche quella dov'era.

Tarciso si voltò. – Perché?

– Perché quella bambina voleva cosí.

Suo malgrado, Francesco sentí che la sua voce stranamente si spezzava. – Perché è giusto cosí.

– *Giusto?* Cosa ne sai, tu, di cosa è giusto? Vuoi rispettare la volontà di una bambina di mille anni fa e non rispetti la volontà di tuo padre?

Tornò a voltargli la schiena.

Riprese a camminare.

– Comunque non sappiamo niente, – disse, quando si fu calmato. – È una cosa che ho solo immaginato. La bambina, e tutto il resto. L'unica cosa certa sono le ossa. L'unica cosa è che qualcuno è morto. Non sappiamo niente. Voi giovani vorreste solo cose certe. Solo il bianco e il nero. Ma la vita non è mica cosí. La vita è fatta di cose mescolate. Non è mai bianco e nero, luce e ombra. Per questo qualcuno la chiama bastarda.

Un altro camion, con il suo rombo e la polvere, coprí le altre parole di Tarciso.

– Vedi che merda? – urlò, raccattando da terra un altro sasso.

Rientrarono in casa, Francesco stringendo in tasca la bambola. La pelle del palmo che accarezzava l'osso liscio di cui era fatta. Che in qualche modo toccava, con quel gesto, la mano di una persona morta da piú di mille anni.

Lo zio tirò fuori la bottiglia di grappa fatta in casa. I *bicjeríns* di vetro vecchi come il mondo, pesanti come il passato.

– Bevi. Facciamo un brindisi.

– Un brindisi a cosa?

Quel po' di buono che era entrato nel cuore di Francesco defluí di colpo da lui, come un liquido.

– Un brindisi alle cose che non vanno mai come si vorrebbe. E poi un giorno si scopre che è meglio cosí. Alla vita, con tutte le sue complicazioni. O, se ti va, facciamo un brindisi a tuo padre. Che, spero non te lo sia dimenticato, era anche mio fratello.

Francesco non brindò. Mandò giú senza cerimonie la grappa, che subito lo fece lacrimare. Era come se gli avessero grattato il palato con della carta vetrata.

– Dio, che schifo!

– *No ti sàs ce c'à è bòn.*

Lo sguardo di Francesco, come se vagasse in cerca di un appiglio per non cadere, trovò il librone, aperto sul leggio antico.

– L'hai finito?

– Che cosa?

– Il libro che stavi miniando.

– Ah, sí. È quello, sai. Il regalo per tuo figlio.

Francesco si alzò, andò verso il leggio. La pagina a cui il libro era aperto brillava di colori. La prima lettera, miniata, era una «C», istoriata e dorata in forma di mezzaluna, circondata da nuvole azzurrine emesse da mostri gialli. Guardando meglio si scopriva che i mostri erano in realtà dei giganteschi camion, e le nuvole non erano nuvole, ma gas di scarico. Solo che la fantasia demente di Tarciso aveva trasformato ogni cosa in un simbolo estremo. Era un lavoro di una precisione maniacale. Del resto Tarciso era sempre stato un mago, con le cose piccole. Con le cose complicate.

Era la sua arte. Una volta sola aveva fallito, e quella gli era stata fatale. Da come la raccontava, era una questione semplice. «Dovevo tagliare il filo rosso. Doveva essere cosí. È cosí che andava fatto. E invece probabilmente quello che aveva fabbricato la bomba era un coglione...»

E nel dirlo sollevava, per fare effetto, la mano destra, con la pelle che sembrava fusa, a macchie bianche come cera. Le due dita mancanti. I resti di un'unghia sul pollice: due chicchi di riso abbrustoliti. E i danni che si vedevano erano niente, rispetto a quelli celati dai vestiti. L'esplosione l'aveva quasi castrato.

Sembrava incredibile che anche cosí ridotto fosse capace di disegnare cose tanto belle.

Il testo era un'imitazione dello stile unciale.

Francesco lesse.

Cosí Arabella tornò a vivere nella casa dei Mansfield, il luogo in cui era sbocciato il suo amore per Robert...

– Non posso credere che hai perso tanto tempo a miniare una cagata del genere...

– Che ne sai, tu, di quanto tempo ci ho messo?

– Posso immaginarlo. Comunque non mi sembra un regalo adatto per Matteo.

– Fa' un po' come credi.

– Vogliamo parlare di cose serie?

– Di cosa? – domandò sornione Tarciso. – Oh, sí. Come no. Vuoi parlarmi di terra. Di un posto in particolare. La *Grava dal Cont*. Quella che vuoi tu ma che tuo padre ha lasciato a me.

– In estrema sintesi, sí.

– *In estrema sintesi*, il fatto è che tuo padre l'ha lasciata *a me*. *Questo* come lo risolvi, genio?

Ci sarebbero tanti modi, pensò dentro di sé Francesco Salvador. Ma non se lo fece uscire di bocca.

– Possiamo parlarne. Cos'è che vorresti per, diciamo, per far finta che quel testamento che mi hai letto non sia mai esistito? Per lasciarmi la *Grava dal Cont*?

Suo zio lo guardò fisso negli occhi. Poi scoppiò a ridere.

– Mi stai proponendo un affare? Stai contrattando con me? Va bene. Ci sto. Ridammi i miei vent'anni. E un biglietto per l'Argentina.

E poi sembrò voler aggiungere qualcosa.

Forse un nome, pensò Francesco.

– L'Argentina è una merda. Ci sono stato.

– Anch'io, – fece suo zio, sorprendendolo.

– Sei stato in Argentina?

– Come in tanti altri posti.

Non sapeva se credergli. Sembrava sincero.

– Non posso ridarti la giovinezza. Però potrebbero esserci un sacco di soldi, per te.

– Un sacco? *Quanto*, per dire?

– Ventimila euro?

Tarciso sbuffò.

– Trentamila? – rilanciò Francesco.

– Trentamila... Sono tanti soldi. A te quanti ne danno?

Francesco rimase infastidito da quella domanda diretta. Come se suo zio gli avesse scoreggiato in faccia.

– Te l'ho già detto che sono nei guai. Ho dei debiti da pagare, va bene?

– Fatti prestare i soldi dalla tua banca.

– Fosse cosí semplice.

Ecco.

L'aveva detto.

In realtà la cosa difficile era questa: dire le cose. Dirle a se stesso, in primo luogo. Ammettere il fallimento, il casino, la strada senza uscite che era diventata la sua vita.

– Ho una famiglia. Devo pensare a loro.

– Sono anch'io la tua famiglia. E tuo padre. E lui voleva che questa terra restasse a me.

– Mio padre è morto.

Suo zio mosse la mano di scatto. Un movimento che poi Francesco avrebbe fatto fatica a rivedere, da tanto era stato rapido. La mano si allungò al di sopra del tavolo, lo afferrò per il bavero della giacca con le sue dita deformi.

– Tuo padre ha scritto quello che voleva. Lo scritto c'è, e basta. C'è. La *Grava dal Cont* è mia. Ficcatelo bene in testa.

Forse colse lo spavento negli occhi di Francesco, perché mollò la presa.

– Tuo padre è piú vivo di te, – sussurrò, con rancore. E poi aggiunse: – Perché sei venuto?

– Per parlare.

– Non c'è niente da parlare. Li hai visti, quei camion? Hai visto la cava? Be', niente del genere succederà *qui*. Questo posto si salverà. Rimarrà com'è. Perché voglio che sia cosí. Perché *tuo padre* voleva che fosse cosí.

Francesco si alzò.

– È la tua ultima parola?

– E se cosí fosse?

Francesco non si era degnato di rispondergli. Era uscito sbattendo la porta.

IX.

Arrivano i cinesi

La mano di Francesco si aprí, scottata dal sole, da quella luce carcinogena, invasiva.

La mano destra si aprí e le foglie d'edera macerate caddero a terra. Un'altra mano, magra e fresca, si intrecciò alla sua. La mano di Giulia.

– Torna a tavola, per favore.

Francesco scosse la testa.

– *Per favore.*

– Perché? Andate avanti voi. Non ho fame.

– Cosa c'è?

– Non ho fame, – ripeté lui, col tono petulante di un bambino.

– Vuoi restare qui tutto il giorno?

Francesco considerò per un momento il ronzio delle api, la frescura degli angoli in ombra, il rosso dei mattoni, esaltato dai raggi del sole. Inspirò ed espirò.

– Perché no? È un'idea.

– I bambini ti guardano.

– Cosa c'è da vedere?

– Un adulto che piange. Il loro papà che piange.

Francesco si passò le dita davanti agli occhi.

Era vero. Stava piangendo.

– Accidenti.

– Torna da noi. Vai un attimo in bagno, magari. Se vuoi ti accompagno io. Anche se l'ultima volta...

Sorrisero entrambi. Francesco suo malgrado.

Il ricordo emerse come una barca dal cavo di un'onda. Era la sera prima del matrimonio di un cugino di Giulia. Un addio al celibato fuori dagli schemi, dato che alla festa partecipavano sia uomini sia donne. A un certo punto Giulia aveva sussurrato all'orecchio di Francesco, che a quei tempi non era ancora suo marito, un «Andiamo?» dal tono cosí inequivocabile che a lui era venuto immediatamente duro. L'avevano fatto nel bagno delle donne, in un tripudio di specchi barocchi, fra le ciotole di petali di rosa secchi e le saponette profumate.

– Dammi un attimo, – la pregò, riseppellendo quel ricordo e perdendo, nel farlo, il sorriso.

– No. Vieni.

La mano di sua moglie lo tirò, guidandolo come si fa con un bambino.

– Mettiti gli occhiali.

Lui le obbedí, tirando fuori dalla tasca i Ray-Ban Wayfarer modello nuovo, un regalo di Jana.

Un coro di approvazione accolse il loro ritorno al tavolo. Francesco li avrebbe uccisi. Tutti quanti, indistintamente. C'era solo l'imbarazzo di scegliere da chi cominciare.

Gardin o Candiani?

Maschio o femmina?

Decise che avrebbe cominciato da chi pronunciava la prima stronzata.

Toccò a Liberto Gardin.

– *Va ben* che di questi tempi gli affari non sono buoni neanche per voi architetti, ma quella faccia da funerale, dài che è un po' troppo. Guarda che se non mangi, il tuo piatto te lo mangio io.

– Accomodati, – fece Francesco, visualizzando dentro di sé una pistola, una pallottola in *slow motion*, la testa di Gardin che esplodeva.

– Ma dài che scherzo. Assaggia, su. È buonissimo. È una *tartare* di tonno.

So leggere anch'io un menu, avrebbe voluto rispondergli. La cosa tonda e piatta persa nell'immensità del piatto, in mezzo a un ghirigoro giallo che sembrava un ideogramma giapponese, gli ispirò una tristezza immediata e totale.

La cosa piú difficile era star dietro alla maledetta conversazione. Rispondere a una battuta cretina, inventarne di malavoglia un'altra. Far finta che la mezza baruffa di prima non fosse mai avvenuta. Oliare, insomma, il meccanismo che rendeva il pranzo un incontro apparentemente gradevole anziché il combattimento tra gladiatori che sarebbe diventato se fosse dipeso dall'umore di Francesco.

Ma no, non era questa, la cosa piú difficile. La cosa *davvero* difficile era seguire con un'altra parte del cervello il ping pong dei pensieri, che portavano l'attenzione verso un altro posto, cercando di immaginare, di simulare. *Dove saranno, in questo momento? Stanno cercando di entrare? E Remo dov'è? È con loro, o è rimasto indietro, magari in auto, per seguire la cosa da lontano, senza sporcarsi le mani? Cosa sta succedendo, su alla* Grava dal Cont*?*

Spense il cellulare.

Non era il caso di correre rischi. Anche se non prevedeva problemi. La SIM su cui lo chiamava il Polacco, Francesco l'aveva pagata in contanti da un ragazzo che aveva messo un'inserzione su «Città Nostra». Per meglio dire, aveva comprato un cellulare con dentro la SIM, registrata a nome del venditore. Era incredibile la leggerezza dei giovani davanti a una cosa tanto importante come l'intestazione di un numero telefonico. Sembrava che al ragazzo interessasse solo disfarsi del vecchio Nokia, probabilmente per comprarsi uno di quei cellulari di nuova generazione con cui puoi fare di tutto: foto, musica, internet. Si era scusato per i pochi centesimi di credito rimasti sulla SIM. A Francesco invece interessava il minuscolo pezzo di plastica con i suoi circuiti stampati, non certo il credito.

Aveva buttato subito nel fiume il telefonino e trasferito la SIM nel secondo alloggiamento del suo nuovo cellulare, un Doubao 728. L'aveva comprato su eBay da un venditore di Hong Kong. Era un telefono cinese, e detto questo, detto tutto. Ma al di là dei suoi numerosi difetti – la plastica scadente, l'autonomia ridicola della batteria, i menu standard in cinese, di cui solo Jana era venuta a capo – quell'apparecchio aveva qualcosa che nessun altro telefono cellulare in commercio aveva, almeno per quanto ne sapeva Francesco: poteva ospitare fisicamente, anziché in modo virtuale, due SIM, una di fianco all'altra. In parole povere, voleva dire che il telefono poteva continuare a ricevere le telefonate dirette al numero «regolare», ma anche quelle verso il numero di SIM non ricollegabile a Francesco.

Il numero che aveva dato a Remo, e Remo al Polacco.

Francesco non era stupido. Leggeva i giornali. Conosceva il mondo. Gli piaceva pensare a se stesso come a una volpe: un animale la cui tana ha sempre due vie d'uscita. Anche se due sole vie d'uscita, nella sua situazione, forse non erano abbastanza. La sua vita era diventata una grande trappola.

– Certo che anche tu non scherzi, – disse qualcuno.

Francesco alzò gli occhi. Liberto Gardin lo fissava da dietro le lenti spesse un dito, come se stesse prendendogli le misure. Era stato lui a parlare.

– In che senso? Che cosa vuoi dire?

– Dico che anche tu le tue cose non proprio bellissime le fai...

– Spiega il concetto.

– Be', ma dài, se lo sanno tutti...

– Sanno tutti cosa?

– I terreni che vendi. E che diventano cave, e poi discariche.

– Non capisco dove vuoi andare a parare.

– Ma niente, è solo che visto che tu hai tirato in ballo i cinesi, vogliamo vedere da chi viene il pulpito?

– Da che pulpito viene la predica, – lo corresse sommessamente Fabienne Gardin, che anche da pensionata non aveva perso i modi della maestra elementare.

C'erano segni di crescente disagio tutt'intorno al tavolo. A quel punto ci sarebbe voluto un diplomatico esperto per disinnescare la situazione. Ma a portata di mano non ce n'erano.

– Faccio senz'altro meno danno io vendendo case a qualche straniero, – sibilò Liberto Gardin, – che tu vendendo i tuoi terreni per farne delle discariche. Rovini l'aria e l'acqua che respiriamo.

E imporporandosi tutto fulminò preventivamente la moglie con un'occhiataccia, per evitare correzioni sullo scambio di fluidi.

Francesco alzò le spalle. Fece una smorfia sprezzante.

– Guarda che le discariche ci sono da sempre, e non mi risulta abbiano mai creato problemi, da queste parti.

– Ah no? Sei proprio sicuro?

– E comunque da qualche parte va pur messa, la spazzatura che produciamo. Che produci anche tu, vorrei farti notare.

Gardin incassò la testa nelle spalle, prima di sferrare il colpo.

– Un uccellino però mi dice che fai affari con la gente sbagliata. Con personaggi non proprio raccomandabili.

– Senti, Liberto...

– Non cercare di intortarmi. Sai benissimo cosa voglio dire. Altro che i miei cinesi.

Francesco si preparava a replicare in qualche modo, quando Giulia, sbiancando in volto, appoggiò il tovagliolo sulla tavola con piú forza di quanto fosse necessario.

– *Compermesso*, – sussurrò, alzandosi. Francesco si alzò a sua volta, le corse dietro. Lei sembrava una furia.

La raggiunse nell'atrio della locanda. Riuscí a fermarla davanti alla parete coperta di foto.

Giulia tentò di divincolarsi, ma senza la forza necessaria. Finí per lasciarsi bloccare contro la parete.

– Quell'idiota di Liberto... – fece per dire lui, abbozzando un sorriso.

Sua moglie non si lasciò incantare.

– Liberto ha ragione. Il problema non è lui. Sei *tu*. Speravo di riuscire a passare la giornata senza che tu me la rovinassi, ma si vede che era chiedere troppo.

– Non capisco cosa vuoi dire.

– Non prendermi in giro.

– Giulia...

– Tutte le volte che trovo il tuo telefono spento, o con il vibracall.

Francesco alzò gli occhi al cielo.

– Credi che sia scema? Credi che non sappia cosa vuol dire?

Lui rimase in silenzio a lungo.

– Usciamo, – disse infine, lasciandole libere le braccia. – Non parliamo qui dentro.

x.

La trappola

Sullo sterrato fuori della locanda il sole batteva insolente, esaltando odori e ombre.

Giulia si voltò di scatto. – Cosa pensi di fare della tua vita?

– Cosa vuoi dire?

– Lo sai, cosa voglio dire. Che futuro hai in mente per noi? Ti sei dimenticato che hai una famiglia? Mentre litigavi...

– Non litigavo.

– *Mentre litigavi* con Liberto, hai visto che faccia faceva tuo figlio? La faccia di uno che si vergogna di suo padre.

– Non ne ha motivo.

– Questo lo dici tu.

– Ah sí? Sentiamo, perché dovrebbe vergognarsi di me?

Giulia reagí in modo strano.

Disse una cosa ma ne pensò un'altra, o forse piú di una.

Era la prima volta che le capitava.

Era come se avesse dato una torsione al pensiero originario che le era venuto in mente.

– Per come ti comporti, – le uscí fuori, ma non era sincera.

– Non sei sincera, – disse infatti lui, pescando le parole come in fondo a un pozzo.

Giulia ebbe uno scatto.

Lo affrontò severa.

– Lo sai benissimo perché dovresti vergognarti. Se devi fare certe cose, almeno falle bene.

– Non capisco.

– Invece capisci benissimo.

Nella testa di Francesco calò di colpo la notte.

Non sapeva cosa rispondere, come replicare.

– Riaccendilo pure, il tuo telefono, – sorrise Giulia.

– Non credo...

– Riaccendilo! – gridò lei. – Accendi quel cazzo di telefono!

Francesco esitò un attimo, e poi tirò fuori di tasca il telefono cinese.

– Accendilo, – ripeté Giulia, a voce bassa.

Ci volle un po' perché il cellulare si rianimasse. Lo schermo si illuminò, mostrando l'immagine del mondo che ruotava, una semplificazione infantile: verde e marrone la terra, blu intenso il mare. Bianche le calotte polari in via di costante scioglimento.

– Posso spiegarti tutto.

– Non penso proprio. Guarda che non sono scema.

– No, è vero. Se qui c'è uno scemo, quello sono io.

– Magari. Non sei per niente scemo. Se tu lo fossi potrei perdonarti. Sei intelligente, tu. Solo che la testa la usi male. Chi pensavi di prendere in giro? Si vede da lontano che hai qualcosa da nascondere.

In quel momento il cellulare di Francesco lanciò un *blip*.

Un messaggio, o una telefonata andata a vuoto.

– Non guardi chi è? Chi ti *desidera*?

La risposta giusta, naturalmente, sarebbe stata: «Guarda tu, io non ho niente da nascondere». Ma questo, Francesco non poteva permetterselo.

Schiacciò il tasto.

Era una chiamata persa, dieci minuti prima.

Riconobbe il numero.

Era il Polacco.

Maledizione.

– Chi è? – lo incalzò Giulia. – È la tua ragazzina, vero?

Francesco Salvador alzò la testa di scatto, come se avesse preso uno schiaffo. La mano che reggeva il cellulare gli cadde lungo il fianco.

Giulia lo fissava. Lui non resse lo sguardo.

– Pensavi che non lo sapessi? È da un po' che me ne sono accorta, che hai un'altra.

– Non ho mai...

– Oh, sta' zitto. Mi offendi due volte. Non sono mica una cretina, sai? Chiamala, dài. Vediamo se hai il coraggio di parlarle davanti a me.

– Non è come pensi. E comunque non è lei.

Avrebbe voluto mangiarsi la lingua, per quelle parole. Ma era ormai troppo tardi.

– *Lei* chi?

– Non è una donna, volevo dire. Quello che ha chiamato.

– Chiama il numero, allora. Richiama. Vediamo se è vero.

– No che non lo chiamo. È una cosa ridicola.

– Fallo, – gli ordinò sua moglie, con una voce diversa.

Francesco affondò nella confusione piú totale.

Quasi non fossero le sue dita a farlo, premette il tasto di chiamata. Ascoltò impotente il maledetto apparecchio che componeva con piccoli versi irridenti il numero del Polacco.

Tre squilli a vuoto.

Altri due.

Poi la voce dell'altro, ruvida e grezza, uscí dall'altoparlante. Una voce che sembrava di cemento.

– Era ora che chiamavi. C'è ancora problema, qui, – fece il Polacco.

– Sono in gita, ti ho detto.

– In culo, tua gita. Siamo qui da un'ora, e tuo zio non c'è. E porta non è aperta. C'è cosa che non mi convince.

Francesco sospirò. Non avrebbe voluto pronunciare quel nome in presenza di sua moglie e delle sue orecchie a pochi centimetri dal cellulare, ma non aveva alternative.

– Remo è lí? – chiese.

– Sí. Perché?

– Passamelo.

Trascorse una manciata di secondi. Poi la voce di Remo uscí fresca e irridente dall'apparecchio.

– Ciao, Francesco. Mi dicono che sei in gita. Ti ringrazio che ti sei disturbato a chiamare –. L'ironia nella voce si poteva tagliare con il coltello. – Perché *qui*, come sai, avremmo un piccolo problema. Siamo *qui* da un bel po', ma lo scoiattolo ancora non esce dalla tana. Anzi, sembra proprio che la tana sia vuota.

– Ho già detto che non ho idea...

– Ma tuo zio è disposto o non è disposto a trattare? Te lo chiedo perché mi romperebbe i coglioni essermi mosso da Milano per niente.

Giulia doveva ormai aver capito che non era con una donna che suo marito stava parlando al telefono. E allora perché insisteva a tendere l'orecchio verso il cellulare? Non sentiva che era una voce d'uomo? L'aveva capito o no, che era una telefonata di lavoro?

Che cazzo voleva da lui?

– Guardi, ingegnere, non so che dirle, – improvvisò Francesco.

– *Ingegnere?* Ah, ho capito. Non sei da solo.

– Già.

– Ma allora sei un coglione. Cosa mi chiami, se hai altra gente intorno? Dimmi che cazzo devo fare, con te.

– Non è cosí semplice.

Una pausa di silenzio. Poi Remo sospirò. – Okay. Allora facciamo cosí: tu rispondi solo con un sí o un no, d'accordo?

– Va bene.

– Con un sí o con un no, ti ho appena detto. Dici che tuo zio è in casa?

– Sí.

– Dicevi anche che la porta era aperta. E invece non è vero. C'è un'altra entrata?

Francesco sorrise, dentro di sé. Tenne la voce ferma, seria. – Sí.

– Dove allora, sul retro?

– Sí.

– E pensi che quella sia aperta.

– Sí.

– Allora adesso entriamo. Fanculo le buone maniere. E fanculo anche tu, architetto.

Si sentí uno scambio di battute, a cento chilometri di distanza. Eppure in qualche modo era come se Francesco fosse lí, come se fosse accanto agli uomini che giravano l'angolo della casa di Tarciso.

Faceva caldo. Silenzio, dall'altoparlante, tranne che per il frinire delle cicale e i passi e le voci sommesse degli uomini – erano tre? quattro? – che si accingevano a entrare.

Si sentí il rumore di una porta che cigola sui cardini mal oliati.

Francesco conosceva bene quel rumore.

– Allora entriamo, – sussurrò Remo. Ma poi si sentí una voce allarmata, la voce del Polacco, che urlava: – Cosa cazzo è *quello*?

E poi di colpo il silenzio.

Un silenzio assordante.

XI.

Viva La Vida

Francesco e Giulia si guardano negli occhi. Il sole del pomeriggio li unisce, come se la luce sottraesse spazio. Lui sta appoggiato con la schiena al muro della locanda. Lei lo studia, e mentre lo guarda pensa che suo marito, dopo quella telefonata di cui lei ha colto solo le sue risposte, sembra piú giovane.

– Torniamo dentro, – sorride Francesco, tendendole la mano.

Lei fa segno di no con la testa.

– Perché no?

Giulia alza le spalle.

Ora è Francesco a pensare che sua moglie, mentre fa cosí, sembra piú giovane. Lo sguardo nascosto dai capelli, come da ragazza, quando li aveva piú lunghi.

– Perché non mi hai convinta. Perché magari *questa* era davvero una telefonata di lavoro, ma ne hai ricevute altre, stamattina. E anche per questa dovresti spiegarmi come mai alla fine rispondevi solo «sí» o «no». E poi chi sarebbe, questo ingegnere?

Francesco arrossisce. Inventa su due piedi un nome, «l'ingegner Benati», ma suona falso persino a lui.

Giulia chiude gli occhi, li riapre. Si allontana da lui, che si è invece mosso verso la porta della locanda. Anche se ognuno ha percorso solo tre passi, la distanza tra loro è cresciuta di molto.

Come in un duello.

E come duellanti si guardano, marito e moglie, e gli sguardi sono già armi puntate.

Francesco vorrebbe avvicinarsi.

A Giulia invece sembra che quella sia la distanza giusta per dirgli ciò che sente di dover dire.

– Sai, Francesco, una volta pensavo che eri come una sinfonia in attesa di essere composta. Pensavo che avresti portato la musica nella mia vita. Nella *nostra* vita. Che vivendo insieme ti avrei visto trasformarti in un inno alla vita. Invece sei come gli accordi di archi in quella canzone dei Coldplay che ti piace tanto...

Francesco capisce subito a che canzone si riferisce sua moglie.

Viva La Vida.

L'ha ascoltata di continuo, l'estate scorsa. È la canzone con cui hanno inaugurato l'auto nuova.

– Tanti accordi che non portano a niente. Sembrano belli, e invece sono inutili. Sterili. Fanno solo effetto, solo apparenza. Non portano a niente.

E infatti la canzone finiva in un calando lugubre, in note dissonanti.

– Dov'è la musica che mi avevi promesso?

– Non ti ho promesso niente.

– Mi avevi promesso *tutto*.

– Le cose andranno meglio. Dammi solo il tempo...

– Dieci anni non ti sembrano abbastanza? – scuote la testa Giulia.

Se fosse onesto le risponderebbe di sí. Ma non è mai stato un uomo del tutto onesto. E poi in questo momento il suo cuore è un mare in tempesta. Vibra allo stesso tempo di gioia e di paura. Gli trasmette un senso di vuoto alla base dello stomaco e contemporaneamente gli regala un'euforia paragonabile a quella di una sbronza. È sulle ali di quell'euforia che attraversa di scatto lo spazio che lo separa da sua moglie, e l'abbraccia, le bacia la fronte, la guancia, l'incavo del collo, mentre lei si ritrae.

– Ti amo.

Giulia sembra stordita da quelle due parole. Si irrigidisce. Poi i muscoli delle spalle hanno un guizzo.

– Non dire stupidaggini, Francesco. Tu non ami nessuno. Non ami nemmeno te stesso.

– Mi fai sembrare una merda.

– Non ti faccio sembrare niente. Fai tutto tu. Hai sempre fatto tutto tu –. Si libera da lui. Si allontana. Si stringe le spalle con le braccia, come se avesse freddo.

Né lei né lui riescono ad aggiungere altro.

Del resto non c'è molto da dire.

La vita – questi momenti densi che rallentano fino a formare grumi di memoria – è come un fiume che scorre loro intorno. Un fiume in cui non puoi nuotare contro corrente. E loro sono due rocce, due *cose* limate dal tempo, corrose dalle parole che a loro volta si consumano.

– Non ti bastavo? – chiede infine lei, dopo quei lunghi momenti.

Non le è facile parlare. Ha la voce spezzata.

Lui scuote il capo. – Non è questo.

– Non è questo? E allora *cos'è*?

Potrebbe risponderle: «La morte di mio padre».

Potrebbe dirle: «La crisi dei cinquant'anni».

Potrebbe mettere in campo scuse e motivi sufficienti a farlo assolvere da una giuria di suoi pari.

Ma quello che le dice è semplicemente: – È giovane.

– *Giovane.* Non sai nemmeno quanti anni ha?

La risata di Giulia è fredda, sarcastica.

Francesco alza le spalle. – Che importanza ha?

Sua moglie lo guarda. – Hai ragione. Non c'è *niente* che abbia importanza.

La sua bocca si piega in un sorriso tirato. Ma ha gli occhi lucidi, pronta a scoppiare in pianto.

– Andiamo, dài, – fa, fingendo allegria. – Torniamo dentro. Non facciamoli parlare alle nostre spalle. Mettiamo in scena il nostro bel teatrino della famiglia felice.

– Giulia...

– Va' a farti fottere, tu.

Si volta, camminando via. Ma dopo pochi passi ha un ripensamento. Torna verso di lui, a testa bassa, e gli assesta un ceffone violento, sulla guancia. Le labbra tremano, come un coperchio chiuso su parole che non escono, perché lei si volta di nuovo e si allontana.

E questa volta non torna indietro.

Francesco sa che non tornerà piú indietro.

Guarda la schiena di sua moglie e pensa che non l'ha mai conosciuta davvero. Che ha dormito, scopato, mangiato ogni santo giorno con una sconosciuta.

Che ha dato per scontate troppe cose, e adesso gliene verrà presentato il conto. *Dovrei sentirmi male*, pensa, e non ne è capace. Il suo cervello lavora veloce, come un motore su di giri, ma la marcia non è inserita: i pensieri non portano a niente.

Ma c'è una sensazione forte proprio lí, in mezzo al torace: come se al posto del cuore ci fosse un terreno scavato, da cui tutto il buono è stato portato via.

E nel vuoto prosciugato di ogni valore e bellezza, è come se adesso, lí dentro, ci fosse una discarica di rifiuti.

XII.

Carlo Magno e Tarciso

Col tempo ricorderò sempre meno.

E poi dimenticherò proprio tutto.

Tutto.

Confonderò le cose, le parole.

Ne inventerò, magari, per piegare la storia come voglio io, nel modo migliore per me.

E poi ancora piú in là, quando avrò finito di vivere, anche il mio nome sarà dimenticato.

Avrebbe piú o meno la mia età, quel ragazzo che era stato terrorista e poi, uscito dal carcere, era morto per strada, investito da un'auto mentre cercava di soccorrere le vittime di un incidente. Al suo funerale avevano letto le sue ultime parole. Chiedeva di essere dimenticato. «Che io sia dimenticato».

Che io sia dimenticato.

Camminando lungo il corridoio della locanda, passando dalla luce e dalla calura opprimenti dell'esterno al fresco racchiuso tra i muri antichi, Francesco si sentiva come un condannato che percorre il Miglio Verde.

Come in quel libro di Stephen King.

Il passo era lo stesso con cui aveva accompagnato suo padre e Tarciso a quella mostra a Venezia. Ecco il ricordo che si associava nella sua mente a quel modo di camminare, a quel passo.

Suo zio l'aveva posta come condizione.

– Possiamo parlarne, possiamo persino metterci d'accordo, magari. Ma prima devi fare una cosa per me. Per me e per tuo padre.

E gliel'aveva detto, cosa voleva.

Francesco l'aveva guardato, incredulo. – Non è possibile. Papà non può farcela.

– E invece sí. Lo faremo.

Erano partiti da Udine alle sette di mattina. Era una giornata fresca, ventilata. Francesco, per far uscire suo padre dall'ospedale contro il parere dei medici, aveva dovuto firmare tutta una serie di documenti, via via sempre meno comprensibili.

– Firmi qui. Qui. Anche qui.

Suo padre camminava aiutandosi con un bastone. Tarciso lo teneva sottobraccio, guidandolo verso la Mercedes in attesa. Francesco era rimasto colpito vedendo quanto sembrasse fragile. Come un uccello dalle ossa delicate. Si muoveva a piccoli passi, trascinando i piedi.

– Non mettere troppo freddo, – l'aveva pregato, con voce flebile, salendo in auto. E poi non aveva piú detto molto, da lí all'imbocco dell'autostrada. Francesco ogni tanto lanciava un'occhiata nello specchietto retrovisore, e ogni volta che lo faceva vedeva uno sguardo assente, perso nella contemplazione del paesaggio fuori del finestrino. Era come se si bevesse il paesaggio. Come se volesse impararlo a memoria.

Mai una volta che i loro occhi s'incontrassero. Anche Tarciso sedeva dietro. Come se suo nipote fosse un tassista.

Erano scesi al garage del Tronchetto, e lí avevano trovato ad attenderli il motoscafo prenotato la sera prima, e che gli costava un occhio della testa. Tarciso, dopo aver girato tra le bancarelle nel piazzale fuori del parcheggio, era tornato con due orrendi cappelli di paglia da gondoliere: uno per sé e uno per suo fratello. Il tassista aveva sorriso.

I due vecchi erano andati a sedersi insieme, dentro la cabina. Francesco invece era rimasto fuori, in piedi, a godersi lo schiaffo dell'aria salmastra sul volto. Le vecchie pietre corrose dal tempo, l'odore di marcio dei canali, il bianco sfacciato del marmo dei palazzi nobiliari: ogni cosa vista o intravista in quella corsa disgustava Francesco, lo spingeva a odiare lo zio che l'aveva costretto a quella follia.

Eppure...

Guardava suo padre. Guardava i gesti teneri con cui il fratello gli indicava questo o quel particolare. I timidi sorrisi ottenuti in risposta.

Il medico era stato drastico. Molto scocciato. – Firmando queste carte lei si assume tutta la responsabilità di questa follia.

Non è stata mia, l'idea, avrebbe voluto rispondergli. Ma non l'aveva fatto.

Come se la cosa facesse differenza.

Suo padre era condannato.

Questa era l'unica certezza.

E allora che bisogno c'era di quelle carte, di tutte quelle liberatorie e cerimonie?

E poi guardandolo, come in quel momento, ad esempio, mentre parlava col fratello, a Francesco sembrava che suo padre avesse ripreso forza, per strada. I gesti, le espressioni del volto erano quelli che ricordava, e non la pallida imitazione che la malattia aveva rielaborato, plasmando il volto di suo padre come se fosse argilla, cera.

In vista del palazzo sul Canal Grande che ospitava la mostra, Tarciso aveva scosso la testa, vedendo la scultura che ci stava davanti: una roba mostruosa, un cranio gigantesco fatto di gamelle smaltate, sospeso tra le *bricole* bianche e azzurre dell'ormeggio.

Erano scesi dal motoscafo.

Il tassista sembrava sollevato, mentre guardava i due vecchi scendere dalla sua barca.

Francesco aveva tirato fuori di tasca centoventi euro, senza ricevere un grazie da nessuno.

La mostra era deserta. La donna alla reception aveva chiesto se volevano lasciare al guardaroba i cappelli da gondoliere, e Tarciso aveva sussurrato «sí» col tono di uno che obbedisce a un ordine.

In quel momento Jana aveva chiamato, e Francesco si era appartato in un angolo per rispondere a quella che, stando al display, era una telefonata di UFFICIO 3.

Cinque minuti dopo, a telefonata finita, non aveva piú trovato i due vecchi.

Si era guardato intorno, nella corte interna con gli enormi sarcofagi decorati da scene intricate: Romani e barbari avvinti nella lotta, le loro braccia intrecciate come tralci di vite.

Aveva sondato con lo sguardo quello che era visibile dei piani superiori.

Nessuna traccia, di suo padre e dello zio.

Allora si era affrettato attraverso le sale, lungo il senso fissato per la visita, chiedendosi quanta strada potessero aver fatto, in soli cinque minuti, quei due che insieme facevano centosessant'anni.

Li aveva trovati in una sala al secondo piano, chini su una teca posta sotto l'immagine di un re medievale. Francesco si era avvicinato a passo lento, cercando di non far rumore. Un raggio di luce faceva brillare i capelli fini e bianchi di suo padre come un'aureola. Il naso adunco di Tarciso si stagliava di profilo. Le sue labbra sussurravano qualcosa, e il fratello l'ascoltava attento.

Francesco aveva posato una mano sulla spalla di suo padre.

– Mi avete fatto paura. Perché ve ne siete andati?

Lo zio aveva alzato la testa, infastidito da quell'interruzione.

– Sto parlando con mio fratello.

E aveva ripreso a sussurrargli parole all'orecchio. Francesco aveva osservato affascinato gli occhi di suo padre riempirsi di lacrime, e le sue labbra, contemporaneamente, aprirsi in un sorriso.

Erano rimasti per qualche minuto davanti alla teca, ignorando gli altri visitatori che si muovevano intorno a loro.

– Cosa gli hai detto? – aveva chiesto poi allo zio, mentre presidiavano la porta del bagno dietro la quale suo padre si liberava rumorosamente le viscere.

Tarciso gli aveva risposto altrettanto sottovoce. – Gli ho mostrato la firma di Carlo Magno.

– Ho visto.

– Gli ho detto di non aver paura.

– Perché doveva fargli paura?

– Non la firma, *stúpit*. La morte. Gli ho detto che non doveva avere paura. Che anche i re muoiono. Che anche l'imperatore Carlo Magno è diventato argilla nelle mani del vasaio, come diceva quel poeta.

Francesco aveva soffocato uno sbadiglio. Era stanco morto.

Poi però quelle parole gli avrebbero lavorato dentro, mentre il motoscafo passava davanti al teschio fatto con le gamelle d'alluminio, e s'immetteva nel flusso di barche e vaporetti del Canal Grande. Il sole faceva brillare le facciate di marmo dei palazzi come se fossero scudi araldici. Al tempo stesso le pietre davano un senso di vuoto, erano lapidi poste su un passato glorioso ma ormai morto, andato per sempre.

Quando il fratello aveva finalmente riaperto la porta del bagno, Tarciso l'aveva riportato di sopra, nella sala dov'era custodito il documento firmato dall'imperatore.

Arrivato lí aveva chiamato il custode della sala, chiedendogli se non poteva aprire la teca.

– Solo un attimo. Per piacere. Non vogliamo toccarla. Voglio solo che mio fratello possa guardarla senza che in mezzo ci sia un vetro.

L'altro l'aveva fissato come se fosse un marziano. – Mi spiace, non è proprio possibile.

– Mio fratello sta *morendo*, – aveva insistito Tarciso. – Chieda ai suoi superiori. Chieda alla direzione del museo.

E aveva spiegato al custode il perché della sua richiesta.

Francesco non aveva sentito le parole che i due si erano scambiati. Si era ritirato in un angolo della stanza, dissociandosi da quell'assurdità, da quella follia.

C'era voluta un'ora, e una serie apparentemente infinita di telefonate prima che qualcuno, invisibile, immateriale come la mano di Dio, autorizzasse la chiusura temporanea della sala al resto del pubblico, e l'apertura della teca.

Due custodi tirarono un cordone all'ingresso. Un sovrintendente del museo, sussurrando, diede istruzioni ad altri tre inservienti per aprire la pesante teca di cristallo.

A Francesco tutto ciò era parso un miracolo, una cosa che non dovrebbe succedere, nella realtà. Un'eccezione magica alla regola dell'assenza di pietà. La dimostrazione che qualcuno, all'altro capo del telefono, qualcuno di cui non avrebbe mai saputo il nome, pensava ancora che una vita umana valesse piú di un oggetto, per quanto raro e prezioso. L'apertura di quella teca era un atto d'amore e di fiducia, un segno di generosità che non pensava avrebbe mai potuto verificarsi nel suo tempo e nel suo mondo. Un miracolo, anche se lui non credeva ai miracoli.

I custodi avevano effettuato le loro complicate manovre intorno alle serrature, per poi sollevare il coperchio di vetro.

– La direzione vi prega di mantenere la massima riservatezza su questa cosa. Avete un minuto, – aveva detto il sovrintendente, indietreggiando di due passi per lasciare libero il passaggio davanti alla teca.

Francesco aveva guardato i due fratelli chinarsi lentamente sulla pergamena ingiallita. L'indice di suo zio si era allungato verso la firma dell'antico imperatore. Il dito tremava. Sotto gli sguardi attentissimi dei custodi e di Francesco, l'indice magro e segnato dalle cicatrici della vecchia esplosione aveva percorso i contorni della firma, a distanza di meno di un centimetro.

– *Carolus Rex*, – aveva letto, con voce rotta. E poi, con una tenerezza che Francesco non gli avrebbe mai associato, aveva preso la mano del fratello, l'aveva guidata dolcemente verso il foglio e l'aveva tenuta sospesa sulla firma, come per ricevere – o per impartire – una benedizione.

Era un momento magico.

Chiunque, in quella stanza, l'aveva capito.

Nella sala si era creato un senso di sospensione, di attesa rituale. La luce, l'ombra, i due vecchi col capo chino sulla teca sembravano mostrare qualcosa che andava al di là di quel posto, di quel momento.

Il cellulare nella tasca di Francesco aveva vibrato di nuovo, spezzando l'attimo.

Lui l'aveva tirato fuori, letto il numero di chi chiamava.

Ancora UFFICIO 3.

Ancora Jana.

Si era appartato in un angolo della sala per parlare con lei, per rassicurarla, per promettere e per ricevere promesse, e cosí facendo si era perso il momento in cui i custodi avevano richiuso la teca di vetro, quasi con gli stessi gesti con cui cinque giorni dopo altri uomini vestiti di scuro avrebbero chiuso la bara di suo padre prima di farla scorrere sui binari verso le fiamme del forno crematorio.

Prima che il coperchio si chiudesse per sempre, Francesco aveva posato le labbra sulla fronte di suo padre. Era gelida, incredibilmente gelida. Aveva pensato che fosse come baciare una lastra di marmo. Faticava a riconoscere il volto di suo padre. Quelli dell'impresa di pompe funebri l'avevano truccato. Per fortuna *barba* Tarciso si era rifiutato di assistere ai funerali. Avrebbe urlato, e sicuramente bestemmiato, vedendo come avevano conciato il viso di suo fratello. C'era persino un velo di rossetto sulle labbra.

Francesco aveva pensato che quella cosa che stava per ridursi in cenere non era suo padre. Che suo padre era da qualche altra parte, lontano, oppure presente e solo reso invisibile a loro da quella che tutti chiamano vita, ed è in realtà solo un battito di ciglia nel moto eterno del creato.

Aveva ricordato il volto di suo padre com'era nel momento in cui si chinava sulla firma di Carlo Magno. Il modo in cui gli occhi gli si erano illuminati di una sorpresa quasi infantile. L'avrebbe evocato cosí dalla memoria, per cancellare l'immagine di un volto truccato tanto bene da non parere morto, ma che era diventato il volto di uno sconosciuto, di un uomo che aveva solo una vaga rassomiglianza con suo padre.

In quel momento, mentre la bara si chiudeva, e i quattro inservienti serravano con gesti precisi le viti dorate, Francesco aveva provato un odio feroce per la vita che aveva intorno.

Si era chiesto anche, in un angolo dei suoi pensieri, che senso avesse scegliere una bara cosí bella e costosa, se entro pochi minuti sarebbe diventata cenere.

Adesso sono solo al mondo, aveva pensato, ignorando la mano di sua moglie stretta intorno alla sua.

Non ho piú nessuno, aveva pianto dentro di sé, accarezzando la testa di Matteo.

XIII.

Acqua dal sole

Ripresero posto al tavolo.

Giulia si lisciò dignitosamente la gonna corta. Liberto Gardin le sbirciava le gambe.

– Eccoli qua. Siamo al dessert, sapete? Stavamo per mangiare anche i vostri, perché sarebbe proprio un peccato lasciarli nel piatto. Tiravamo a sorte, e i due che vincevano vi spazzolavano tutto, se non tornavate. Be', meglio cosí. Dài, mangi, signora Salvador. Non vorrà mica diventare troppo magra. Le altre signore la odierebbero…

Fabienne Gardin, a quell'uscita del marito, aveva fatto una smorfia di diniego, che però non aveva convinto nessuno.

– Cosa si è fatto, alla guancia? – chiese una voce di donna.

– Niente. Un colpo di sole, – rispose per lui Giulia.

Sorrisini educati sbocciarono lungo la tavolata.

Francesco infilò il cucchiaino nella mousse alla fragola, e diligentemente cominciò a smontare il dolce, scavandoci mezzelune la cui superficie rimaneva compatta, netta come un'opera d'arte. Sembravano tante unghie incise nel dessert.

Guardò i suoi figli, che mangiavano una coppa di gelato. Due facce intente, serie.

Il sole che filtrava tra le foglie della pergola dava fastidio a Matteo, gli striava il volto di luce.

Beatrice sembrava persa, in mezzo a quei bambini sconosciuti, di età spaiate.

O almeno era cosí che Francesco vedeva i suoi figli.

Forse perché lui per primo si sentiva cosí: solo, triste, perso in mezzo agli estranei.

Ingolfato di ricordi.

Improvvisamente era comparsa nella sua testa la pompa dello zio, la pompa a leva in cui dovevi versare un bicchiere d'acqua perché potesse partire, e allora dopo un po' cominciavi a sentire i primi rumori di risucchio, e poi il suono dell'acqua che scorreva, un suono fresco, acqua che saliva *dalle profondità della terra a lavare i peccati del mondo, amen*.

Questo si era detto il giorno prima, ridendo come un pazzo, perché l'effetto di quello che aveva preso per farsi coraggio era ancora forte, gli incendiava il sangue.

Aveva guardato le mani sotto il getto freddo dell'acqua e gli erano sembrate le mani di un altro.

Da solo era difficile lavarsi. Doveva tirare la pompa e poi subito infilare le mani sotto il getto, e le mani non ne volevano sapere di diventare pulite.

La furia ruggiva ancora nella sua testa, ma usciva fuori come una risata. Una risata agghiacciante.

I dettagli di quello che aveva fatto si incastravano in un disegno che non immaginava di aver avuto già in mente sin dall'inizio, e che ora gli si stendeva davanti agli occhi come se lo vedesse scritto su un foglio bianco.

L'acqua gli gelava le mani.

Gli schiariva i pensieri.

Aveva tutto chiaro in mente, adesso.

Le cose fatte, e quelle ancora da fare.

Un uccello batteva le ali, in alto, restando fermo nel vento. Un rapace, in attesa di cogliere un movimento su cui lanciarsi.

Francesco aveva rivisto lo sguardo del vecchio. Un misto di irrisione e di rabbia.

– Non c'è niente da parlare, – gli aveva gridato in faccia. – Li hai visti, quei camion? Hai visto la cava? Be', niente del genere succederà *qui*. Questo posto si salverà. Rimarrà com'è. Perché voglio che sia cosí. Perché *tuo padre* voleva fosse cosí.

Francesco si era alzato di scatto.

– È la tua ultima parola?

– E se cosí fosse?

Il vecchio si era girato, sdegnoso.

Con quel suo sorriso del cazzo, che sembrava dire all'uomo piú giovane: «Sei una merda. Non ho piú niente a che vedere, con te».

La mano di Francesco aveva trovato d'istinto un oggetto, sul piano del tavolo.

Un oggetto pesante.

Sentiva un rombo nelle orecchie.

Davanti agli occhi gli calò un velo rosso.

Alzò la cosa, la bottiglia di grappa mezza piena, pesante, e vibrò un colpo di lato, con forza, un colpo che produsse un rumore sordo, vibrandogli nei muscoli del braccio. Alzò ancora la bottiglia, calandola altre due volte, sempre piú forte. Il rumore adesso era orribile: liquido, come di una poltiglia melmosa. Un braccio si alzò, unghie scheggiate e ruvide gli graffiarono il collo, la guancia. Ma erano gli ultimi spasmi di un corpo già morto.

Francesco sentí il sangue scorrergli sulla pelle, dove il vecchio l'aveva graffiato.

Calò giú un'altra bottigliata, e il corpo sotto di lui non si mosse piú.

Francesco si rialzò. Guardò quello che aveva fatto, come se lo vedesse per la prima volta.

Non sentiva nulla. Né paura né dolore, né sollievo.

Avrebbe voluto convincersi che quella morte fosse stata frutto di un impulso.

Ma non era cosí.

Aveva organizzato tutto. Pensato anche ai minimi dettagli.

La telefonata a Remo l'aveva fatta due giorni prima. Gli aveva detto che Tarciso era disposto a trattare, ma l'avrebbe fatto solo direttamente, faccia a faccia. A casa sua.

«Ci sarai anche tu?» gli aveva chiesto Remo, con un tono sospettoso nella voce.

«Ho una gita a Torcello. Organizzata da un sacco di tempo. Non posso mancare».

«Si fotta, la gita».

«Non è cosí facile. Mia moglie non la manderebbe giú. E poi con mio zio ci ho già parlato ieri. La strada te l'ho già aperta. Tu porta con te i soldi. O quello che vuoi, quello che pensi sia meglio per convincerlo».

Remo aveva ridacchiato, a quelle parole.

«Stai tranquillo. Mi porto dietro tutto quello che serve».

Quando aveva fatto quella telefonata, aveva già in mente tutto. In qualche area del suo cervello, magari in quella parte «rettiliana» di cui aveva letto su «L'espresso», la parte che vive in noi, sepolta in profondità e che ancora guida certi nostri gesti, certe nostre reazioni.

L'idea di uccidere c'era già, si era già ficcata in profondità, allargando radici fino a occupare tutto lo spazio possibile. L'idea c'era. Il resto contava poco. Sarebbe venuto da solo. Come una cosa naturale. Una reazione meccanica.

Lasciò cadere la bottiglia, che non si ruppe. Il liquore trasparente si mosse nei confini del vetro, imitando un mare in miniatura, onde in tempesta. Il rombo alle orecchie cessò, il velo rosso non c'era piú. Vedeva di nuovo le cose normalmente. Francesco contemplò quello che aveva fatto: il corpo scomposto sotto di lui, piegato a esse sul pavimento di cotto. Il sangue che si allargava sotto il cadavere. Si sentiva leggero. Cosa strana da dirsi, da pensare, ma si sentiva leggero. In pace.

L'aveva fatto.

L'aveva fatto, sembrava dire il battito del suo cuore in tumulto.

Ora sarebbe andato tutto a posto, tutto si sarebbe sistemato.

Si guardò intorno. La stanza era ingombra di ciarpame. Dove poteva averlo messo, il maledetto testamento?

Contrariamente a quanto disposto in precedenza a favore di mio figlio Francesco, con altri atti che col presente annullo, lascio la terra denominata «Grava Vecchia», o «Grava dal Cont», a mio fratello Tarcisio...

Le parole bruciavano ancora, nella memoria di Francesco.

Doveva trovarlo.

Distruggerlo.

Cominciò a muoversi come un pazzo per la stanza, e poi per tutta la casa, alla ricerca di quel maledetto pezzo di carta.

Fanculo, stronzo.

Brutto vecchio di merda.

Frugò dappertutto, in ogni posto dove gli sembrasse anche a malapena probabile che il vecchio avesse nascosto il testamento.

Trovò chili, *quintali* di carta: giornali vecchi di vent'anni, libri, persino una pila ordinata di carta da pacchi, piegata con minuzia giapponese.

Frugò tra le pagine del librone che Tarciso stava miniando.

Vide che si era fermato a pagina venti.

– Assassino, – gridò Robert, puntando l'indice verso il giovane. – Assassino, – ripeté, con voce rotta, crollando a terra mentre l'orribile ferita grondava sangue.

Merda.

Chiuse il libro.

Poi lo riaprí, perché improvvisamente un pensiero si era sovrapposto a quell'istinto di frugare, trovare, distruggere. Il pensiero, incomprensibile all'inizio, formulava queste parole: *se le pagine sono aperte, prenderà meglio*.

Trovò quello che cercava in una stanza sul retro, nascosto dietro un mucchio di casse. Dove sapeva già che l'avrebbe trovato. Tarciso era un uomo abitudinario.

Non era il testamento scomparso. Era *meglio*. Era la soluzione a tutti i suoi problemi.

La sacca era quella che lo zio si era portato a casa dal servizio militare. Era mezza piena.

L'aprí e guardò quello che conteneva.

Bene.

Tutte le lezioni imparate dal vecchio si incastrarono l'una nell'altra. Come se non le avesse mai dimenticate. E forse quell'idea c'era stata sin dall'inizio. Forse quel pezzo del puzzle era sempre stato nella sua mano.

Strèns miej chèl fíl.

Atènt.

Francesco Salvador dispose l'esplosivo sul tavolo. E poi gli attrezzi: la forbice da elettricisti, il nastro isolante, le pinze.

Vecchio pazzo.

Vecchio pazzo cocciuto.

Aprí i pacchetti avvolti in carta oleata. Sette. Ce n'era da far saltare un paese. L'odore era quello che aveva sentito entrando in casa. L'odore delle cose che suo zio «trovava» o «recuperava» dai vecchi bunker e depositi della guerra fredda, da certe polveriere che l'esercito aveva dimenticato, veri e propri supermercati bellici dove potevi trovare di tutto, dall'esplosivo al plastico alle maschere antigas.

Ne mise da parte due, di quei pacchetti grigi, dall'aspetto untuoso.

Piangeva. Ne era sicuro, perché sentiva le lacrime calde scorrergli lungo le gote, mentre il sorriso non abbandonava le sue labbra: il sorriso di un tecnico che sa far bene il suo mestiere. Che procede sicuro verso il suo obiettivo.

Confezionando le bombe, studiando l'innesco piú opportuno, ricordava le mani di Tarciso intente nell'esercitazione.

«*Vuàrdimi bèn*. È questo il momento in cui devi stare piú attento. Il momento critico. Non un millimetro di piú, non un millimetro di meno».

Davanti a sé, sul piano del tavolo, durante quelle esercitazioni suo zio teneva aperto un libro in inglese, scritto da un reduce del Vietnam. Francesco aveva dovuto tradurglielo tutto, durante la lunga estate dei suoi diciassette anni. I suoi coetanei facevano le prime esperienze d'amore, e lui invece aiutava un vecchio pazzo a costruire bombe. E poi a smontarle, a rimettere tutto a posto. Smonta e rimonta, smonta e rimonta, finché i gesti non venivano naturali. Finché avrebbe potuto ripeterli a occhi chiusi.

Alla fine Francesco ce l'aveva fatta anche a scopare. Non si ricordava il nome della sua prima ragazza. Era questo, che diceva a sua moglie. Ovviamente non era vero. Di verità ne sopravvive poca, a un matrimonio.

Si chiamava Marta, ricordò, con l'assoluta precisione che si accompagna alle nozioni inutili, alle cose che potresti tranquillamente scordare, perché quello che conta nella vita è andare avanti, superare gli altri, superare anche se stessi.

Finché ti volti, pensò, *e vedi che sei rimasto indietro*.

Mentre confezionava le bombe, la sua testa pensava, in parallelo, a dove e come disporle per ottenere il miglior risultato. Ai circuiti da progettare perché la trappola fosse assolutamente perfetta. Assolutamente mortale.

Lavorando, immergendosi con assoluta concentrazione nel progetto, la soluzione uscí da sola, si delineò precisa come un *blueprint* davanti ai suoi occhi.

Ne avrebbe piazzata una a ogni ingresso.

Avrebbe chiuso la porta davanti e lasciato aperta quella sul retro, dove le cariche sarebbero state tre.

Contemplò l'ultima scatola di latta, prima di chiuderla: l'esplosivo, l'innesco, il groviglio di fili colorati in cui solo lui poteva riconoscere un ordine, una finalità.

La bellezza di un meccanismo perfetto come una cosa viva.

Era soddisfatto. Suo zio sarebbe stato orgoglioso di lui, pensò, nella sua folle lucidità.

Scese in cantina. Tornò su con una dozzina di bottiglie di grappa fatta in casa. Le avrebbe disposte attorno alle cariche esplosive, per aumentarne l'effetto.

Appallottolò i giornali vecchi, spargendoli per tutto il piano terra, per favorire la combustione.

I giornali coprirono il cadavere del vecchio. Cascami di parole si leggevano di traverso. Notizie vecchie di decenni.

Vajont.

Seveso.

Disastri ormai dimenticati, cronache di altrettante Apocalissi annunciate. Follie e tragedie che avevano acceso per un attimo la curiosità del pubblico, per poi essere subito dimenticate.

In qualunque posto il vecchio l'avesse nascosto, il testamento sarebbe andato in fumo. Non ci sarebbe stato piú. Mai esistito, se non nella memoria di due morti e di chi stava per cancellarlo per sempre dalla realtà.

Fu mentre svuotava una bottiglia di grappa in camera del vecchio, rovesciandola sul letto disfatto e sul tappeto logoro, che Francesco trovò le monete.

Luccicavano nel bicchiere.

Si avvicinò al comodino di noce. Il bicchiere era pieno di monete. L'oro e l'argento riflettevano la luce della lampada da 25 watt.

Rovesciò le monete sul palmo della mano. Alcune caddero a terra. Ne raccolse una, e guardandola il cuore perse un battito.

Ricordò quella visita in casa dello zio, quando Tarciso gli aveva detto di aver trovato qualcosa di prezioso, nei suoi scavi. La camera da letto aveva l'odore che Francesco aveva sentito quella volta, entrando in casa.

Il puzzo di *sgnàpa* di frodo non bastava a coprire il lezzo di terra e muffa.

Si chinò in ginocchio, appoggiando sulle assi grezze del pavimento il pugno che stringeva le monete.

Sollevò la coperta verde.

Pochi minuti piú tardi, scendendo in cucina, cominciò a pensare che doveva essersi sognato tutto.

Sotto il letto di Tarciso c'erano dieci scatole piene di monete. Un tesoro. La gran parte erano sparse sul fondo delle scatole, ma alcune stavano ancora dentro i contenitori in cui il loro proprietario doveva averle nascoste: un vaso di argilla e una pentola tutta corrosa.

«Tesoretti», li chiamavano i ricercatori. In passato, sotto l'incombere di una minaccia, come una pestilenza, o un'invasione, la gente nascondeva i propri tesori, nella speranza di poter tornare a riprenderseli, una volta passato il pericolo. Metteva monete, argento, gioielli in un contenitore e lo nascondeva dentro un muro, o piú spesso seppellendolo sottoterra.

A volte non tornavano piú. E il tesoro rimaneva nascosto per secoli, per millenni.

C'era un'altra cosa, sotto il letto di suo zio. Un cercametalli, vecchio e scrostato ma ancora funzionante.

Altro che *sesto senso*.

Aveva lasciato le monete dov'erano, sotto il letto. Molte erano ancora da pulire, ma non sembravano preziose. Rame, bronzo. Forse qualche pezzo d'argento, sotto la patina nera dell'ossidazione. Ma niente di paragonabile al tesoro contenuto nel bicchiere.

Francesco sparse le monete sulla cerata a fiori che ricopriva il tavolo della cucina.

Non le contò. Non voleva contarle. C'erano almeno una decina di monete d'oro, ma lui quasi non le vide. Il suo sguardo, d'istinto, era volato verso una moneta d'argento dall'aspetto strano.

Quand'era ragazzo, nei lunghi pomeriggi d'estate passati in quella casa, suo zio l'aveva fatto studiare su certi vecchi libri e cataloghi di monete, finché Francesco non era stato in grado di riconoscere non solo il profilo di ogni imperatore, ma anche di dire la zecca di coniazione di una certa moneta, semplicemente dallo stile.

Ma quella moneta non l'aveva mai vista.

Scorse le lettere che dicevano il nome dell'imperatore.

Rimase senza fiato.

IMP MAR SILBANNACVS AVG.

Voltò la moneta, con dita tremanti.

La figura di un guerriero con la lancia, la mano destra appoggiata a uno scudo.

MARTI PROPVGT.

Il cuore gli batteva come se volesse scoppiare.

Si passò la moneta tra le dita, la guardò sotto la luce.

Silbannaco.

Un imperatore leggendario, che non aveva lasciato traccia in alcuna fonte scritta. La sopravvivenza del suo nome era stata affidata, fino al 1996, a una sola moneta, ritrovata in Francia e conservata al British Museum. Poi nel 1996 ne era venuta alla luce un'altra, della zecca di Roma, con lo stesso disegno sul retro di quella che aveva sotto gli occhi: MARTI PROPUGNATORI.

Anche l'errore di conio era lo stesso: MARTI PROPVGT anziché PROPVGN.

Lo stesso errore presente in una moneta di Emiliano, l'imperatore di cui Silbannaco sarebbe stato, per brevissimo tempo, il successore. Per un tempo tanto esiguo che forse quelle monete non erano mai state messe in circolazione.

La loro rarità era dovuta al fatto che probabilmente erano state quasi tutte fuse e utilizzate per coniare le monete dell'imperatore successivo. Chissà come alcune di esse ce l'avevano fatta a conservarsi nel tempo. Forse erano state sottratte da qualche funzionario della zecca. O forse la stessa zecca teneva in archivio alcuni esemplari di ogni moneta coniata.

Fatto sta che quel sottile e leggero antoniniano d'argento aveva un valore inestimabile.

Nessuna delle altre monete contenute nel bicchiere aveva lo stesso grado di rarità, ma gli aurei erano in splendido stato di conservazione. Ognuno di essi poteva valere parecchie decine di migliaia di euro.

Vecchio stupido.

Potevi essere ricco.

Potevi salvarmi.

La sola moneta di Silbannaco, portata all'estero, poteva trasformarsi in tanto di quel denaro da risolvere ogni problema di Francesco Salvador.

Avrebbe potuto anche tenersi il suo terreno di merda.

Non avrei dovuto…

Ma era ormai troppo tardi.

Prese una sola moneta, da quel mucchietto. Non quella di Silbannaco. Troppo rara. Aveva un valore commerciale cosí alto da diventare praticamente invendibile, almeno per lui. Prese invece una moneta d'oro. Una a caso. La infilò in tasca senza neanche guardarla.

Le altre le lasciò lí. Non avrebbe saputo nemmeno lui dire perché. Forse non voleva prenderle e accorgersi, contandole, che erano trenta. Continuò metodicamente a strappare i giornali, foglio dopo foglio, e a spargerli per la casa.

Strappando i giornali bestemmiava. Non lo faceva da anni, per paura che Giulia lo trovasse volgare.

Bestemmiava in friulano, ritrovando la lingua di suo padre e di suo zio, come se recitasse un *requiem* profano.

Quand'ebbe finito era stanco. Stanco dentro e fuori. E l'indomani lo aspettava la gita a Torcello. Solo l'idea lo disgustava.

Avrebbe dovuto farsi forza. Ma soprattutto avrebbe dovuto farsi astuto. Non sarebbe stato facile, far finta di niente. E organizzare l'agguato, stare attento a non tradirsi, né al telefono né con gli altri che avrebbe avuto intorno.

Si toccò le due ferite sulla faccia. Sanguinavano ancora. Le tamponò con un fazzoletto di carta. Doveva disinfettarle, prima di tornare a casa.

Doveva anche cercare di togliersi quell'odore di alcol dal giubbotto.

Sarebbe passato da un bar, prima di rientrare. Avrebbe mandato giú un paio di whisky. Anche per cacciar via il gelo che lo stava aggredendo, in quella vecchia casa.

Rimaneva un'ultima cosa da fare.

Una sola.

Si tolse di tasca la bambolina d'osso. La bambola vecchia di secoli, forse piú di un millennio. Quella che Tarciso voleva andasse a Beatrice.

Addio, le disse, appoggiandola in fondo alla scatola dell'ultima bomba. Le braccia e le gambe del giocattolo si piegarono in basso, e per un attimo fu come se nelle mani di Francesco Salvador ci fosse un corpo vero, un esserino morto che lui deponeva nella tomba. Ma poi il momento passò, e la parte del suo cervello che aveva anticipato la morte di Tarciso gli disse che i frammenti d'osso esplodendo si sarebbero infilati nel corpo di Remo, e del Polacco, e di qualunque altro pezzo di merda quei due si fossero portati dietro.

Sorrise.

Adès sjèra, gli sembrò di sentir dire dalla voce di suo zio.

Chiudi il coperchio e dimenticati tutto. Hai scelto il modo giusto.

Funzionerà.

XIV.

Il trono di Attila

Uscirono dalla locanda in piccoli gruppi, parlando sottovoce.

Avevano pagato. Chi brontolando un po', chi invece commentando che per un pranzo cosí era un prezzo onesto.

Il fiduciario della condotta di Slow Food era passato sorridendo tra i tavoli, spuntando i nomi dalla sua lista.

Gardin: tre.

Candiani: due.

Salvador: quattro.

Francesco aveva pagato, con il gesto meccanico di chi non ha mai avuto problemi di soldi. *Va bene cosí. Tieni il resto.* Sua moglie si era irrigidita, alla vista del portafogli gonfio.

L'aveva guardato quasi con aria di disgusto.

O forse sta già calcolando quanto potrà scucirmi di alimenti, pensò con amarezza suo marito.

Francesco aveva tirato fuori le quattro banconote nuove di zecca, come se fossero state appena stampate. Ed erano davvero nuove di zecca quando lo sportello del Bancomat le aveva messe al mondo, poche ore prima. Presto passando di mano in mano si sarebbero stropicciate, sporcate di mille residui, di un milione di tracce di vita umana. Ma adesso erano nuove, fruscianti, piacevoli al tatto. Innocenti. Il loro viaggio era appena all'inizio. Come quello dei suoi due bambini.

I commensali erano usciti col passo torpido. Anche le risate erano leggermente su di giri. C'era un senso di festa nell'aria, di gita scolastica. Il clima stesso era perfetto: il sole era opportunamente velato da nuvole leggere, che rinfrescavano l'aria alla temperatura giusta per una passeggiata. Giulia camminava davanti a tutti, tenendo per mano Beatrice. Come se avesse già fatto le parti, in vista di quello che sarebbe successo. Francesco avrebbe voluto che almeno una volta si girassero. Che lo riportassero in vita dal mondo dei morti in cui gli sembrava di muoversi. Proprio ora che tutto stava per sistemarsi. Che tutto sarebbe andato a posto.

– Papà...

Volse lo sguardo in basso, verso Matteo. – Che c'è, Matt?

– Quando torniamo a casa?

– Presto. Sei stanco?

– Stufo.

– Non ti sei portato il Nintendo?

– È scarico.

– Quando arriviamo in macchina lo rimetti in carica.

– Sí, ma quanto manca?

– Un po'. Dobbiamo vedere quella chiesa, vedi?

– Non ho voglia di vederla.

– Neanch'io. Cosa ne dici se restiamo fuori?

– Sí.

Lasciarono che gli altri passassero oltre il cancello, entrando nella basilica. Rimasero volutamente indietro, finché l'ultima gitante non fu sparita nel buio dell'interno. Sua moglie e sua figlia erano entrate fra i primi. Il buio le aveva assorbite come una boccetta d'inchiostro rovesciato su un disegno.

Francesco sentí una mano piccola cercare la sua. Sorrise. Non un gran sorriso, ma comunque era qualcosa da offrire.

– Andiamo, Matt. Ti faccio vedere una cosa.

Un tempo aveva camminato cosí con suo padre. Con la stessa espressione fiduciosa, compunta. Solo che suo padre non lo prendeva mai per mano. Solo morendo, solo prima di morire, aveva trovato dentro di sé la tenerezza, la spontaneità che un tempo si era negato. Quella mano pallida che cercava la mano del figlio sopra le lenzuola dell'ospedale, lenzuola lavate e disinfettate infinite volte, con le scritte verdi a ricordarti che non erano tue, che quella non era camera tua, casa tua.

Sentiva la mano di Matteo bruciare, quasi persa fra le sue dita. La strinse un po' di piú.

Ricordò il giorno in cui suo figlio era venuto a cercarlo, nello studio. L'aveva fatto scendere nel giardino del condominio. L'aveva preso per mano, come adesso. Voleva mostrargli una cosa. Sembrava impazzito dalla gioia.

– Guarda, l'ho trovato io. Guarda.

Aveva scostato i rami della siepe. Nascosto in mezzo ai rami c'era un nido con quattro uova piccolissime, picchiettate d'azzurro.

– L'ho trovato ieri. Guarda! L'uovo si muove. Sta nascendo!

Francesco si era chinato sul nido. Il guscio di una delle uova era rotto, e qualcosa si muoveva, al suo interno.

Aveva tolto un frammento di guscio, aveva bucato con l'unghia la membrana trasparente che ci stava sotto.

Lo aveva aggredito subito il puzzo di carne marcia.

Matteo aveva fatto un salto indietro, come se avesse preso uno schiaffo.

Dentro il guscio rotto si contorceva un grumo di minuscoli vermi bianchi.

Camminarono allontanandosi dalla basilica. Matteo sferzava l'erba alta con un rametto che aveva raccolto sul bordo del sentiero.

Raggiunsero un posto lí vicino, chiuso su un lato da un muro su cui erano appese alcune lapidi antiche, ricche di simboli ormai incomprensibili.

«Il passato è scritto in una lingua che abbiamo dimenticato», gli aveva detto una volta Tarciso. «Non è per niente misterioso. Siamo noi che non lo capiamo piú. Che non lo sappiamo piú leggere. Il passato è piú chiaro del presente».

Quei simboli – il pavone, la stella, la colomba – erano chiari e comprensibili a chi li aveva scolpiti come per noi è chiaro un segnale stradale.

Parlavano di eternità, di vita, d'amore.

Ma noi non sappiamo piú leggerli.

Siamo diventati estranei al nostro passato.

– Cos'è quello? – chiese Matteo, indicando un trono di pietra bianco, di fattura barbarica, che stava su un basamento di mattoni in mezzo al prato, all'ombra di un albero frondoso.

– Quello è il trono di Attila, – rispose Francesco, ricordando, forse male, una cosa che gli aveva detto Tarciso, trent'anni prima. – Lo sai chi era Attila, vero?

– Sí. Il re degli Unni. L'abbiamo studiato a scuola.

– La leggenda dice che Attila stava seduto su questo trono, mentre guardava l'incendio di Altinum.

– Cos'è Altinum?

– Una città che non c'è piú. Quella da cui sono partiti i profughi che hanno fondato Venezia.

– Ma davvero Attila si era seduto lí?

– No. È solo una leggenda.

– Ah. Peccato. Ti siedi lí, papà?

– Perché?

– Voglio farti una foto, – disse Matteo, tirando fuori dalla tasca del giubbino la macchina digitale che gli avevano regalato per il compleanno.

– Siediti, dài.

Francesco obbedí.

Avrebbe obbedito a qualsiasi richiesta di suo figlio.

La sua testa era altrove. Presto sarebbe squillato il cellulare, pensava, e la SIM sarebbe stata quella regolare. Qualcuno avrebbe chiamato per dirgli che era successo qualcosa a casa di suo zio. Avrebbe dovuto fingere stupore. Stare attento a non dire qualcosa di sbagliato.

– Papà, ti esce sangue.

Si passò la mano sulla guancia, e sí, sulle dita c'era una striscia di sangue. Come se avesse schiacciato una zanzara.

Si era tamponato la minuscola ferita con il fazzoletto. Doveva essersi riaperta dopo la sberla di sua moglie.

– Non è niente. Mi sono tagliato facendomi la barba, – mentí, assuefacendosi ancora di piú a quella bugia. Nei giorni a venire molti gli avrebbero fatto domande, infinite domande, prima di mettere una pietra su quello che era successo, e passare avanti.

– Raddrizza un po' la schiena, – sentí che suo figlio gli diceva.

Matteo era un fotografo maldestro. Spesso lasciava fuori dell'inquadratura i piedi, o le teste, tant'è che Francesco l'aveva definito sottovoce «il dayako», riferendosi ai tagliatori di teste del Borneo.

Altre volte copriva inavvertitamente col dito il sensore, rendendo irrimediabilmente sfocata la foto.

Ma quella che scattò a suo padre riuscí perfetta. I colori rimasero stabili negli anni, come promesso dai fabbricanti della carta fotografica.

«Chi è questo?» gli avrebbe chiesto molti anni dopo suo nipote, togliendo la foto dalla scatola, separandola dall'antica moneta d'oro che era l'unica eredità lasciata da Francesco Salvador.

«Questo era mio papà».

«Il mio nonno?»

«Il tuo bisnonno. Il tuo nonno sono io».

«L'ho conosciuto?»

«No. Non l'hai mai conosciuto», avrebbe sorriso Matteo, tirandosi la coperta fin sotto il mento, ricordando quel pomeriggio di sole in cui il suo mondo era cambiato per sempre.

La fine dell'infanzia, e della sua famiglia.

In poche ore, e per sempre.

Avrebbe cercato di ricordare il nome di quella barca ridicola, la finta barca dei pirati che galleggiava accanto al pontile, in quel giorno d'estate di sessant'anni prima. Non ci sarebbe riuscito. E anche i colori, nella sua memoria, sarebbero stati diversi da quelli veri.

– Sorridi, papà.

XV.

Cartoline da Atlantide

Francesco Salvador sorrise, e fu con quel sorriso che la luce lo fissò nella memoria della Nikon, insieme a quello che si vedeva del mondo intorno a lui. Il trono, un albero. L'ombra dell'albero – forse un ulivo – disegna una riga d'ombra sul volto dell'uomo. Trasforma il sorriso in un ghigno. Solo guardando bene la bocca, e ignorando quell'ombra, si vede che il volto sta sorridendo.

Quella foto rimase fra le cose di Matteo come un ritaglio del passato, come la tessera colorata di un mosaico scomparso. Una cartolina da Atlantide.

Francesco Salvador sul trono di Attila.

La foto lo ritrae serio, persino cupo in volto, in contrasto con la luce del sole che accende il marmo delle lapidi, il granito del trono. Dovrebbe essere un momento in cui sorridere, pensa chi guarda la foto, e non sa che quello è stato l'ultimo giorno felice di Francesco. Un giorno, comunque, già gravido d'infelicità. Cosí come era gravido di mali futuri il cuore delle scorie chimiche e radioattive, che dormivano un sonno inquieto sotto trenta centimetri di ghiaia, a un palmo dalle falde acquifere che dissetavano duecentomila persone. Era la cartolina di un mondo in corsa attraverso la valle della morte, intento a stordirsi per non vedere, a trasformare i pericoli in una macchia veloce di colori. Era un mondo bello e condannato. Era l'uovo nel nido, l'uovo che si muoveva, che sembrava contenere una vita sul punto di nascere...

Ma non è sempre stato cosí?, sembra dirsi l'uomo della foto, il barbaro sul trono.

Non siamo tutti condannati, dalla nascita, a recitare il copione della vita, che è in realtà scritto dalla Grande Mietitrice?

O forse quella mezza smorfia viene dal ricordo di un momento sereno, di un tempo che già non esiste piú. La vita è già passata avanti. Francesco si è lasciato superare dalla sua stessa vita. Perché nel cancellare le tracce, nel nascondere la sua colpa, non ha pensato all'unico testimone capace di ricordare.

Non ha pensato a se stesso.

Piú tardi, quando i gitanti usciti dalla fresca penombra della basilica si incamminarono in cerca degli altri lungo il canale torbido che li guidava all'imbarcadero, Francesco sentí vibrare il cellulare nella tasca del giubbotto. La mano si mosse a stringere il telefono, delicatamente, come intorno a una cosa viva.

Si allontanò dalla comitiva.

Sua moglie era già molto avanti, con i bambini. Non l'avrebbe raggiunta piú.

Leggendo il numero sconosciuto sul display restò stupito.

Troppo presto.

Qualcosa doveva essere andato storto.

Rispose.

Non era la Procura. Non erano i pompieri, o un giornalista che lo chiamava con sottofondo di sirene per chiedergli che cosa si provasse ad avere un morto ammazzato in famiglia.

Non avrebbero potuto essere loro.

Solo Jana aveva il numero della seconda SIM.

Jana e Remo. Ma Remo…

Era uno sconosciuto, infatti.

Cioè la cosa peggiore che potesse capitargli.

Il numero da cui chiamava l'uomo era altrettanto sconosciuto. Una cabina pubblica, come si seppe poi, dai risultati dell'indagine sull'omicidio.

Francesco si era preparato tante parole, migliaia di parole, per rispondere a qualsiasi domanda potesse essergli fatta. Ma non si era preparato per una telefonata del genere.

La voce dell'altro era dura, asciutta. Pronunciò nitidamente il suo nome, *Francesco Salvador*. E sentirlo pronunciare da quell'accento slavo fu come venir battezzato di nuovo, fu come se il nome gli venisse imposto per la seconda volta, e per sempre.

– Sí, – rispose.

Seguirono dodici parole, dall'altra parte.

Francesco poi le contò, nella memoria, ripetendosele infinite volte, da allora, nei pochi giorni che gli restavano da vivere.

Dodici parole, non una di piú.

Parole che formavano una sentenza inappellabile.

Seppe allora di aver sottovalutato il suo nemico. O il suo *amico*, come l'altro pretendeva di definirsi.

Ma forse non era stato Remo. Forse era stato il Polacco. Probabilmente Remo si fidava, ma il Polacco era tutta un'altra bestia.

Qualcuno *sapeva*. Qualcuno che non era sul posto, ma sapeva tutto.

Cos'era stato, ad attivarlo? Una telefonata? Un contatto mancato?

Quel qualcuno non si sarebbe accontentato di soldi, per lasciarlo in pace. Era già stato pagato in anticipo, per fare il suo lavoro. Ed era un uomo di parola. A suo modo, era un uomo di principî.

Francesco capí allora, *seppe allora*, che quella domenica, con tutto quello che gli era successo, sarebbe stata comunque l'ultimo giorno felice della sua vita.

Il cellulare si animò di nuovo.

Vibrò nella sua mano.

UFFICIO 3, lesse sul display.

Soffocando un'imprecazione, mosse il braccio all'indietro e lanciò il telefono nell'acqua del canale.

In quel momento, alzando gli occhi, vide suo figlio voltarsi verso di lui e sorridergli, prima di sparire oltre la curva del sentiero. Un sorriso timido, impacciato. Il braccio di una donna adulta lo teneva per il gomito, lo portò via.

Francesco guardò l'acqua verde del canale. I cerchi lasciati dal telefono si facevano sempre piú larghi, sempre piú leggeri.

Immaginò la discesa del cellulare nell'acqua come una cosa lenta, lentissima. Immaginò che la suoneria continuasse a emettere la sua musica, mentre scendeva nel buio. Immaginò i rintocchi di una campana sommersa, come quella del villaggio che era rimasto sotto l'acqua del lago artificiale, quando lui era un bambino di dieci anni. Suo padre l'aveva portato a vederlo, due giorni dopo il riempimento dell'invaso, quando la strada panoramica era stata riaperta al pubblico.

Tutto era stato sommerso: le case, gli orti, il cimitero del paese. Dall'acqua spuntava solo la cima del campanile.

Immaginando la discesa del telefono nell'acqua, camminando controvoglia per raggiungere gli altri, Francesco ripensò al cimitero sommerso.

Ripensò a tante di quelle cose che non avrebbe saputo dire quale, tra tutte, lo facesse piangere.

I fatti

Molto spesso è dalle cave che prende l'abbrivio il percorso criminale delle ecomafie. Si svuotano illegalmente colline, montagne, fiumi e torrenti per ottenere il materiale necessario per fare il calcestruzzo, e si riempiono le «buche» create con i rifiuti, meglio se pericolosi, perché molto costosi da smaltire correttamente. Ed è cosí che si inquinano le falde acquifere, i campi agricoli, i corsi d'acqua, immettendo nell'ambiente sostanze velenose per l'ecosistema, che entrando nella catena alimentare mettono a serio rischio la salute dei cittadini. Purtroppo le cronache giudiziarie confermano che seppellire sostanze pericolose nel ventre delle montagne continua a essere uno dei modi preferiti dalla criminalità ambientale. Anche perché la normativa in vigore (Parte quarta, Titolo V del D.Lgs. 152/2006 testo vigente) prevede la possibilità di ripristino ambientale di cave dismesse utilizzando materiale inerte compatibile con la conformazione geomorfologica del sito. Questo è ciò che dice la legge, mentre in realtà spesso dentro le «buche» ci finisce di tutto. Quello delle cave è un tema molto caro ai magistrati e alle forze dell'ordine, perché è proprio da queste che sono partite alcune tra le inchieste piú importanti. A partire dalla Campania, quando già alla fine degli anni Ottanta emerge con chiarezza l'esistenza di una holding criminale, che annovera al suo interno non solo mafiosi ma anche colletti bianchi e funzionari pubblici, specializzata nell'occultamento di rifiuti pericolosi in falsi ripristini ambientali, in sottofondi stradali e in particolare in riempimento di cave trasformate in vere e proprie discariche. Come l'operazione denominata «Re Mida», coordinata dal Sostituto procuratore della Repubblica di Napoli Maria Cristina Ribera e condotta dai Carabinieri del Comando tutela ambiente, iniziata nel 2003 e sviluppatasi in tre fasi, l'ultima del marzo 2008. L'operazione ha svelato il coinvolgimento del clan dei Casalesi in un imponente traffico illecito di rifiuti industriali: circa 40 000 tonnellate provenienti dal Nord Italia finivano sotterrate nelle cave in ricomposizione ambientale e in terreni agricoli nell'area del giuglianese, a nord di Napoli. Per un giro d'affari stimato di 3 300 000 euro e imposte evase per 500 000 euro. Vengono indagate 100 persone e arrestate 25. E questo è solo l'inizio.

Ancora cave abbandonate e riempite di rifiuti tossici vengono alla luce grazie all'inchiesta «Houdini», marzo 2004. L'indagine, coordinata dalla Procura di Venezia (prima dal Sostituto procuratore Luca Ramacci e poi dal collega Giorgio Gava, e condotta dai Carabinieri tutela ambiente del NOE di Venezia e da quelli del Reparto operativo di Roma), era partita dal sequestro proprio di una cava in provincia di Rieti riempita illegalmente di rifiuti pericolosi. Da quella cava si segue il filo rosso che porta in breve tempo gli investigatori sulle tracce di una ben strutturata rete di trafficanti di rifiuti che fa capo a due aziende operanti nella provincia di Venezia: le ordinanze di custodia cautelare coinvolgono ben 11 dirigenti e responsabili, a vario livello, delle imprese coinvolte. Con il «giro bolla», i rifiuti pericolosi risultavano fittiziamente trattati e finivano illegalmente in cave da ripristinare, in sottofondi stradali o in terreni agricoli. A febbraio di quest'anno arrivano le prime condanne in primo grado, a poco meno di 13 anni complessivi di carcere, per tre dei principali imputati.

Anche ad Alessandria, nel luglio del 2004, la Procura del capoluogo nell'ambito dell'operazione «Pinocchio» scopre un traffico illecito di decine di migliaia di tonnellate di rifiuti speciali smaltiti illegalmente in cave dismesse. Lo sversamento avveniva dopo la falsificazione dei codici dei rifiuti o miscelandoli tra loro per renderli non identificabili. Vengono arrestate 17 persone e 35 sono denunciate per reati di attività organizzate di traffico illecito di rifiuti, falso, gestione illecita e realizzazione di discarica abusiva; sequestrati pure 10 impianti di stoccaggio, smaltimento e recupero di rifiuti situati in Piemonte, Lombardia, Veneto, Liguria ed Emilia-Romagna. La rete criminale trafficava, per poi smaltire nelle cave, sostanze altamente tossiche per l'ambiente e la salute dei cittadini: terre inquinate da idrocarburi e provenienti da siti di bonifica, fanghi di perforazione, traversine ferroviarie contaminate, materiali vari frammisti a lattice e ammoniaca: un mix davvero esplosivo.

E sempre ad Alessandria, esattamente l'anno dopo, scatta l'operazione «Pesciolino d'oro» che porta a 7 arresti e 33 denunce, coinvolgendo 10 aziende del Friuli-Venezia Giulia, Veneto, Lombardia, Piemonte, Toscana e Lazio. L'inchiesta svela l'esistenza di una struttura organizzata dedita al traffico e smaltimento illecito di rifiuti speciali pericolosi e non, che una volta «declassificati» cartolarmente finivano in due cave in ripristino ambientale in provincia di Alessandria e di Viterbo. I rifiuti erano costituiti da terre di bonifica inquinate da idrocarburi, PCB, catalizzatori esausti, fanghi di perforazione contaminati da oli, ceneri di acciaieria, di combustione e di termodistruttori, con alte concentrazioni di cromo, cloruro, rame, ammoniaca, piombo, nichel, zinco e mercurio. Il giro d'affari era di 2 000 000 euro, 350 000 le tonnellate di scorie smaltite illegalmente. I danni ambientali, incalcolabili.

A Viterbo nel maggio del 2005 la Procura, insieme ai Carabinieri, mette a segno un duro colpo per i trafficanti di veleno, con l'operazione «Giro d'Italia: ultima tappa Viterbo». Si scopre che 250 000 tonnellate di rifiuti speciali pericolosi e non, provenienti da tutta Italia e costituiti da fanghi di cartiera, terre inquinate da PCB, ceneri di acciaieria e di termodistruttori, rifiuti farmaceutici, con alte concentrazioni di piombo, nichel, zinco e mercurio, sono finiti illegalmente presso ex cave da ripristinare. E non mancheranno in seguito, sempre in provincia di Viterbo, altre inchieste che proveranno avvenuti smaltimenti illeciti di scorie industriali in cave dismesse o abbandonate.

Nel dicembre del 2007 la Procura di Savona sequestra una discarica abusiva di circa 30 000 metri quadrati, realizzata in una ex cava ubicata in Pietra Ligure, dove era stato autorizzato un intervento di «ripristino ambientale»: «Terra promessa» è il nome dell'operazione condotta dai Carabinieri del NOE di Genova e Savona. Quello che scoprono gli inquirenti è un giro illecito di circa 350 000 metri cubi di rifiuti, costituiti da terre e rocce da scavo e residui della costruzione e demolizione, provenienti perlopiú da cantieri edili della zona e avviati a smaltimento nella cava dismessa. Anche in questo caso, i danni all'ambiente risultano significativi.

Ma a prescindere dalle grandi inchieste giudiziarie, in generale è tutto il territorio nazionale a soffrire negli anni fenomeni di questo tipo, costituendo una delle modalità criminali piú ricorrenti e soprattutto piú pericolose per l'ambiente e i cittadini.

ANTONIO PERGOLIZZI
Coordinatore
Osservatorio Nazionale Ambiente e Legalità
Legambiente

Indice

p. 5 I. La nave pirata
20 II. Il Lidl delle epifanie
35 III. L'infinita complessità del viaggio
60 IV. Polvere del domani
87 V. Gli aironi
92 VI. Alla locanda
98 VII. Aveva ragione MacArthur
107 VIII. I mostri dell'argine
119 IX. Arrivano i cinesi
124 X. La trappola
130 XI. Viva La Vida
134 XII. Carlo Magno e Tarciso
143 XIII. Acqua dal sole
156 XIV. Il trono di Attila
162 XV. Cartoline da Atlantide

167 *I fatti*

Stampato per conto della Casa editrice Einaudi
presso Mondadori Printing S.p.a., Stabilimento N. S. M., Cles (Trento)
nel mese di marzo 2011

C.L. 20204

Edizione							Anno			
1	2	3	4	5	6	7	2011	2012	2013	2014